IMPRESSIONS OF THE REPUBLIC OF CHINA

齐明月 选编

唯有时间 懂得爱

中国言实出版社

图书在版编目（CIP）数据

民国印象：唯有时间，懂得爱／齐明月选编.
—北京：中国言实出版社，2015.9
ISBN 978-7-5171-1312-6

Ⅰ.①民… Ⅱ.①齐… Ⅲ.①散文集—中国—现
代 Ⅳ.①I266

中国版本图书馆 CIP 数据核字（2015）第 086359 号

责任编辑： 郭江妮

出版发行 中国言实出版社
地　址：北京市朝阳区北苑路 180 号加利大厦 5 号楼 105 室
邮　编：100101
编辑部：北京市西城区百万庄大街甲 16 号五层
邮　编：100037
电　话：64924853（总编室）　64924716（发行部）
网　址：www.zgyscbs.cn
E-mail：zgyscbs@263.net

经　销 新华书店
印　刷 北京毅峰迅捷印刷有限公司
版　次 2015 年 10 月第 1 版　2024 年 1 月第 2 次印刷
规　格 880 毫米×1230 毫米　1/32　8.25 印张
字　数 150 千字
定　价 46.00 元　ISBN 978-7-5171-1312-6

写在前面

只有好的，完全的爱情，才能饱饫内心荒漠，才能带给人智慧，让人脱胎成更好的人。一场好的爱情将你覆盖，给你温暖，让你忘怀尘世一切不堪，躲进其中，乾坤干净，想来真是极度的奢侈，不是谁都能拥有的。现实中，也许一千万人里只有一对才能成为梁祝，才有机会化蝶。仿若一切无望，却依然景仰于爱，像景仰一种“不死的欲望”和“疲惫生活中的英雄梦想”。

都说时代造就英雄，时代也会成就爱情。一个不曾有过的时代，成就一个个不会再有的人，一段段不会再有的爱情。当徐志摩、沈从文、周作人、张充和、郁达夫、林语堂、瞿秋白、朱生豪、丁玲朱自清、梁实秋、石评梅，这些名字长长地连在一起时，就构成了一种种叫民国的气质，一桩桩叫民国的传说，一件件叫民国的爱情故事。

那些爱情，和他们的身世、学问、著作一样，禁得起经年久藏，不会随便在哪个屋檐下，朽了；同样也禁得起口口相传，不会在千万人口中呼出的水汽中，锈了。

民国的爱情，就像是一剂绝佳的配方，种种材料交错混杂，比例刚刚好，不多不少，不能多也不能少。这般独秀，方才可以传家，传千秋万代。

我们，一代一代的人，在属于自己的时代里，继续生命的旅程，没有更多欢悦，也没有更多悲戚，只有从未老去的爱情，盘旋不去。

最后，愿天下有情，不负斯土。

——维小词

目　录

人生初见

尺素传情

恋恋情话

执手风雨

人生初见

那时我十四岁，她大约是十三岁罢。我跟着祖父的妾宋姨太太寄寓在杭州的花牌楼，间壁住着一家姚姓，她便是那家的女儿。

水样的春愁

郁达夫

洋学堂里的特殊科目之一，自然是伊利哇拉的英文。现在回想起来，虽不免有点觉得好笑，但在当时，杂在各年长的同学当中，和他们一样地曲着背，耸着肩，摇摆着身体，用了读《古文辞类纂》的腔调，高声朗诵着皮衣啤，皮哀排的精神，却真是一点儿含糊苟且之处都没有的。初学会写字母之后，大家所急于想一试的，是自己的名字的外国写法；于是教英文的先生，在课余之暇就又多了一门专为学生拼英文名字的工作。有几位想走捷径的同学，并且还去问过先生，外国百家姓和外国三字经有没有得买的？先生笑着回答说，外国百家姓和三字经，就只有你们在读的那一本泼刺玛的时候，同学们于失望之余，反更是皮哀排，皮衣啤地叫得起劲。当然是不用说的，学英文还没有到一个礼拜，几本当教科书用的《十三经注疏》，《御批通鉴辑览》的黄封面上，大家都各自用墨水笔题上了英文拼的歪斜的名字。又进一步，便是用了异样的发音，操英文说着“你是一只狗”，“我是你的父亲”之类的话，大家互讨便宜的混战；而实际上，有几位乡下的同学，却已经真的是两三个小孩子的父亲了。

因为一班之中，我的年龄算最小，所以自修室里，当监课的先生走后，另外的同学们在密语着哄笑着的关于男女的问题，我简直一点儿也感不到兴趣。从性知识发育落后的一点上说，我确不得不承认自己是一个最低能的人。又因自小就习于孤独，困于家境的结果，怕羞的心，畏缩的性，更使我的胆量，变得异常的小。在课堂上，坐在我左边的一位同学，年纪只比我大了一岁，他家里有几位相貌长得和他一样美的姊妹，并且住得也和学堂很近很近。因此，在校里，他就是被同学们苦缠得最厉害的一个；而礼拜天或假日，他的家里，就成了同学们的聚集的地方。当课余之暇，或放假期里，他原也恳切地邀过我几次，邀我上他家里去玩去；但形秽之感，终于把我的向往之心压住，曾有好几次想决心跟了他上他家去，可是到了他们的门口，却又同罪犯似的逃了。他以他的美貌，以他的财富和姊妹，不但在学堂里博得了绝大的声势，就是在我们那小小的县城里，也赢得了一般的好誉。而尤其使我羡慕的，是他的那一种对同我们是同年辈的异性们的周旋才略，当时我们县城里的几位相貌比较艳丽一点的女性，个个是和他要好的，但他也实在真胆大，真会取巧。

当时同我们在同年辈的女性，装饰入时，态度豁达，为大家所称道的，有三个。一个是一位在上海开店，富甲一邑的商人赵某的侄女；她住得和我最近。还有两个，也是比较富有的中产人家的女儿，在交通不便的当时，已经各跟了她们家里的亲威，到杭州上海等地方去跑跑了；她们俩，却都是我那位同学的邻居。这三个女性的门前，当傍晚的时候，或月明的中夜，老有一个一个的黑影在徘徊；这些黑影的当中，有不少却是我们的同学。因为每到礼拜一的早晨，没有上课之先，我老听见有同学们在操场上笑说在一道，并且时时还高声地用着英文作了隐语，如“我看见她了！”“我听见她在读书”之类。而无论在什么地方于什么时候的凡关于这一类的谈话的中心人物，总是课堂上坐在我的左边，年龄只比我大一岁的那一位天之骄子。

赵家的那位少女，皮色实在细白不过，脸形是瓜子脸；更因为她家里有了几个钱，而又时常上上海她叔父那里去走动的缘故，衣服式样的新异，自然可以不必说，就是做衣服的材料之类，也都是当时未开通的我们所不曾见过的。

她们家里，只有一位寡母和一个年轻的女仆，而住的房子却很大很大。门前是一排柳树，柳树下还杂种着些鲜花；对面的一带红墙，是学宫的泮水围墙，泮池上的大树，枝叶垂到了墙外，红绿便映成着一色。当浓春将过，首夏初来的春三四月，脚踏着日光下石砌路上的树影，手捉着扑面飞舞的杨花，到这一条路上去走走，就是没有什么另外的奢望，也很有点像梦里的游行，更何况楼头窗里，时常会有那一张少女的粉脸出来向你抛一眼两眼的低眉斜视呢！

此外的两个女性，相貌更是完整，衣饰也尽够美丽，并且因为她俩的住址接近，出来总在一道，平时在家，也老在一处，所以胆子也大，认识的人也多。她们在二十余年前的当时，已经是开放得很，有点像现代的自由女子了，因而上她们家里去鬼混，或到她们门前去守望的青年，数目特别的多，种类也自然要杂。

我虽则胆量很小，性知识完全没有，并且也有点过分的矜持，以为成日地和女孩子们混在一道，是读书人的大耻，是没出息的行为；但到底还是一个亚当的后裔，喉头的苹果，怎么也吐它不出咽它不下，同北方厚雪地下的细草萌芽一样，到得冬来，自然也难免得有些望春之意；老实说将出来，我偶尔在路上遇见她们中间的无论哪一个，或凑巧在她们门前走过一次的时候，心里也着实有点儿难受。

住在我那同学邻近的两位，因为距离的关系，更因为她们的处世知识比我长进，人生经验比我老成得多，和我那位同学当然是早已有过纠葛，就是和许多不是学生的青年男子，也各已有了种种的风说，对于我虽像是一种含有毒法的妖艳的花，诱惑性或许格外的强烈，但明知我自己决不是她们的对手，平时不过于遇见的时候有点难以为情的样子，此外倒也没有什么了不得的思慕，可是那一位赵家的少女，却整整地恼乱了我两年的童心。

我和她的住处比较得近，故而三日两头，总有着见面的机会。见面的时候，她或许是无心，只同对于其他的同年辈的男孩子打招呼一样，对我微笑一下，点一点头，但在我却感到同犯了大罪被人发觉了的样子，和她见面一次，马上要变得头昏耳热，胸腔里的一颗心突突地总有半个钟头好跳。因此，我上学去或下课回来，以及平时在家或出外去的时候，总无时无刻不在留心，想避去和她的相见。但遇到了她，等她走过去后，或用功用得很疲乏把眼睛从书本子举起的一瞬间，心里又老在盼望，盼望着她能再来一次，再上我的眼面前来立着对我微笑一脸。

有时候从家中进出的人的口里传来，听说“她和她母亲又上上海去了，不知要什么时候回来?”我心里会同时感到一种像释重负又像失去了什么似的忧虑，生怕她从此一去，将永久地不回来了。

同芭蕉叶似地重重包裹着的我这一颗无邪的心，不知在什么地方，透露了消息，终于被课堂上坐在我左边的那位同学看穿了。一个礼拜六的下午，落课之后，他轻轻地拉着我的手对我说：“今天下午，赵家的那个小丫头，要上倩儿家去，你愿不愿意和我同去一道玩儿?”这里所说的倩儿，就是那两位他邻居的女孩子之中的一个的名字。我听了他的这一句密语，立时就涨红了脸，喘急了气，嗫嚅着说不出一句话来回答他，尽在拚命的摇头，表示我不愿意去，同时眼睛里也水汪汪地想哭出来的样子；而他却似乎已经看破了我的隐衷，得着了我的同意似地用强力把我拖出了校门。

到了倩儿她们的门口，当然又是一番争执，但经他大声的一喊，门里的三个女孩，却同时笑着跑出来了；已经到了她们的面前，我也没有什么别的办法了，自然只好俯着首，红着脸，同被绑赴刑场的死刑囚似地跟她们到了室内。经我那位同学带了滑稽的声调将如何把我拖来的情节说了一遍之后，她们接着就是一阵大笑。我心里有点气起来了，以为她们和他在侮辱我，所以于羞愧之上，又加了一层怒意。但是奇怪得很，两只脚却软落来了，心里虽在想一溜跑走，而腿神经终于不听命令。跟她们再到客房里去坐下，看他们四人捏起了骨牌，我连想跑的心思也早已忘掉，坐将在我那位同学的背后，眼睛虽则时时在注视着牌，但间或得着机会，也着实向她们的脸部偷看了许多次数。等她们的输赢赌完，一餐东道的夜饭吃过，我也居然和她们伴熟，有说有笑了。临走的时候，倩儿的母亲还派了我一个差使，点上灯笼，要我把赵家的女孩送回家去。自从这一回后，我也居然入了我那同学的伙，不时上赵家和另外的两女孩家去进出了；可是生来胆小，又加以毕业考试的将次到来，我的和她们的来往，终没有像我那位同学似的繁密。

正当我十四岁的那一年春天（一九〇九，宣统元年己酉），是旧历正月十三的晚上，学堂里于白天给与了我以毕业文凭及增生执照之后，就在大厅上摆起了五桌送别毕业生的酒宴。这一晚的月亮好得很，天气也温暖得像二三月的样子。满城的爆竹，是在庆祝新年的上灯佳节，我于喝了几杯酒后，心里也感到了一种不能抑制的欢欣。出了校门，踏着月亮，我的双脚，便自然而然地走向了赵家。她们的女仆陪她母亲上街去买蜡烛水果等过元宵的物品去了，推门进去，我只见她一个人拖着一条长长的辫子，坐在大厅上的桌子边上洋灯底下练习写字。听见了我的脚步声音，她头也不朝转来，只漫声地问了一声“是谁?”我故意屏着声，提着脚，轻轻地走上了她的背后，一使劲一口就把她面前的那盏洋灯吹灭了。月光如潮水似地浸满了这一座朝南的大厅，她于一声高叫之后，马上就把头朝了转来。我在月光里看见了她那张大理石似的嫩脸，和黑水晶似的眼睛，觉得怎么也熬忍不住了，顺势就伸出了两只手去，捏住了她的手臂。两人的中间，她也不发一语，我也并无一言，她是扭转了身坐着，我是向她立着的。她只微笑着看看我看看月亮，我也只微笑着看看她看看中庭的空处，虽然此外的动作，轻薄的邪念，明显的表示，一点儿也没有，但不晓怎样一股满足，深沉，陶醉的感觉，竟同四周的月光一样，包满了我的全身。

两人这样的在月光里沉默着相对，不知过了多久，终于她轻轻地开始说话了："今晚上你在喝酒?""是的，是在学堂里喝的。"到这里我才放开了两手，向她边上的一张椅子里坐了下去。"明天你就要上杭州去考中学去么?"停了一会，她又轻轻地问了一声。"嗳，是的，明朝坐快班船去。"两人又沉默着，不知坐了几多时候，忽听见门外头她母亲和女仆说话的声音渐渐儿的近了，她于是就忙着立起来擦洋火，点上了洋灯。

她母亲进到了厅上，放下了买来的物品，先向我说了些道贺的话，我也告诉了她，明天将离开故乡到杭州去；谈不上半点钟的闲话，我就匆匆告辞出来了。在柳树影里披了月光走回家来，我一边回味着刚才在月光里和她两人相对时的沉醉似的恍惚，一边在心的底里，忽儿又感到了一点极淡极淡，同水一样的春愁。

荼　蘼

许地山

我常得着男子送给我的东西，总没有当他们做宝贝看。我的朋友师松却不如此，因为她从不曾受过男子的赠与。

自鸣钟敲过四下以后，山上礼拜寺的聚会就完了。男男女女像出圈的羊，争要下到山坡觅食一般。那边有一个男学生跟着我们走，他的正名字我忘记了，我只记得人家都叫他做“宗之”。他手里拿着一枝荼蘼，且行且嗅。荼蘼本不是香花，他嗅着，不过是一种无聊举动便了。

“松姑娘，这枝荼蘼送给你。”他在我们后面嚷着。松姑娘回头看见他满脸堆着笑容递着那花，就速速伸手去接。她接着说：“很多谢，很多谢。”宗之只笑着点点头，随即从西边的山径转回家去。

“他给我这个，是什么意思?”

“你想他有什么意思，他就有什么意思”。我这样回答她。走不多远，我们也分途各自家去了。

她自下午到晚上不歇把弄那枝荼蘼。那花像有极大的魔力，不让她撒手一样。她要放下时，每觉得花儿对她说：“为什么离夺我？我不是从宗之手里递给你，交你照管的吗?”

呀，宗之的眼、鼻、口、齿、手、足、动作，没有一件不在花心跳跃着，没有一件不在她眼前的花枝显现出来！她心里说：“你这美男子，为甚缘故送给我这花儿?”她又想起那天经坛上的讲章，就自己回答说：“因为他顾念他使女的卑微，从今而后，万代要称我为有福。”

这是她爱荼蘼花，还是宗之爱她呢？我也说不清，只记得有一天我和宗之正坐在榕树根谈话的时候，他家的人跑来对他说：“松姑娘吃了一朵什么花，说是你给她的，现在病了。她家的人要找你去问话咧。”

他吓了一跳，也摸不着头脑，只说：“我哪时节给她东西吃？这真是……”

我说：“你细想一想。”他怎么也想不起来。我才提醒他说：“你前个月在斜道上不是给了她一朵荼蘼吗？”

“对呀，可不是给了她一朵荼蘼！可是我哪里教她吃了呢？”

“为什么你单给她，不给别人？”我这样问他。

他很直截地说：“我并没有什么意思，不过随手摘下，随手送给别人就是了。我平素送了许多东西给人，也没有什么事；怎么一朵小小的荼蘼就可使她着了魔？”

他还坐在那里沉吟，我便促他说：“你还能在这里坐着么？不管她是误会，你是有意，你既然给了她，现在就得去看她一看才是。”

“我哪有什么意思？”

我说：“你且去看看罢。蚌蛤何尝立志要生珠子呢？也不过是外间的沙粒偶然渗入他的壳里，他就不得不用尽工夫分泌些粘液把那小沙裹起来罢了。你虽无心，可是你的花一到她手里，管保她不因花而爱起你来吗？你敢保她不把那花当做你所赐给爱的标识，就纳入她的怀中，用心里无限的情思把他围绕得非常严密吗？也许她本无心，但因你那美意的沙无意中掉在她爱的贝壳里，使她不得不如此。不用踌躇了，且去看看罢。”

宗之这才站起来，皱一皱他那副冷静的脸庞，跟着来人从林菁的深处走出去了。

初恋

周作人

那时我十四岁，她大约是十三岁罢。我跟着祖父的妾宋姨太太寄寓在杭州的花牌楼，间壁住着一家姚姓，她便是那家的女儿。伊本姓杨，住在清波门头，大约因为行三，人家都称她作三姑娘。姚家老夫妇没有子女，便认她做干女儿，一个月里有二十多天住在他们家里，宋姨太太和远邻的羊肉店石家的媳妇虽然很说得来，与姚宅的老妇却感情很坏，彼此都不交口，但是三姑娘并不管这些事，仍旧推进门来游嬉。她大抵先到楼上去，同宋姨太太搭讪一回，随后走下楼来，站在我同仆人阮升公用的一张板桌旁边，抱着名叫“三花”的一只大猫，看我映写陆润痒的木刻的字帖。

我不曾和她谈过一句话，也不曾仔细的看过她的面貌与姿态。大约我在那时已经很是近视，但是还有一层缘故，虽然非意识的对于她很是感到亲近，一面却似乎为她的光辉所掩，开不起眼来去端详她了。在此刻回想起来，仿佛是一个尖面庞，乌眼睛，瘦小身材，而且有尖小的脚的少女，并没有什么殊胜的地方，但在我的性的生活里总是第一个人，使我于自己以外感到对于别人的爱着，引起我没有明了的性的概念的对于异性的恋慕的第一个人了。

我在那时候当然是“丑小鸭”，自己也是知道的，但是终不以此而减灭我的热情。每逢她抱着猫来看我写字，我便不自觉的振作起来，用了平常所无的努力去映写，感着一种无所希求迷蒙的喜乐。并不问她是否爱我，或者也还不知道自己是爱着她，总之对于她的存在感到亲近喜悦，并且愿为她有所尽力，这是当时实在的心情，也是她所给我的赐物了。在她是怎样不能知道，自己的情绪大约只是淡淡的一种恋慕，始终没有想到男女夫妇的问题。有一天晚上，宋姨大大忽然又发表对于姚姓的憎恨，末了说道，“阿三那小东西，也不是好东西，将来总要流落到拱辰桥去做婊子的。”

我不很明白做婊子这些是什么事情，但当时听了心里想道，“她如果真是流落做了婊子，我必定去救她出来。”

大半年的光阴这样的消费过去了。到了七八月里因为母亲生病，我便离开杭州回家去了。一个月以后，阮升告假回去，顺便到我家里，说起花牌楼的事情，说道，

“杨家的三姑娘患霍乱死了。”

我那时也很觉得不快，想像她的悲惨的死相，但同时却又似乎很是安静，仿佛心里有一块大石头已经放下了。

初恋的自白

胡也频

下面所说的，是一个春青已经萎谢，而还是独身着的或人的故事：

大约是十二岁，父亲就送我到相隔两千余里之远的外省去读书，离开家乡，不觉间已是足足的三年零四个月了。就在这一年的端午节后三日得了我母亲的信，她要我回家，于是我就非常不能耐的等着时光的过去，盼望暑假到来；并且又像得了属于苦工的赦免一般，考完试验；及到了讲演堂前面那赭色古旧的墙上，由一个正害着眼病的校役，斜斜地贴出那实授海军少将的校长的放学牌示之时，我全个的胸膛里都充满着欢喜了，差不多快乐得脸上不断地浮现着微笑。

从这个学校回到我的家，是经过两个大海，但是许多人都羡慕的这一次的海上风光，却被我忽略去了，因为我正在热心的思想着家乡情景。

一切的事物在眷恋中，不必是美丽的，也都成为可爱了，——尤其是对于曾偷吃过我的珍珠鸟的那只黑猫，我也宽恕它既往的过失，而生起亲切的怀念。

到了家，虽说很多的事实和所想像的相差，但那欢喜却比意料的更大了。

母亲为庆贺这家庭中新的幸福，发出了许多请贴，预备三桌酒席说是替我接风。

第二天便来了大人和小孩的男男女女的客。

在这些相熟和只能仿佛地觉得还认识的客中，我特别注意到那几个年约十二三岁的女孩子。她们在看我的眼中，虽说模样各异，却全是可爱，但是在这可爱中而觉得出众的美丽的——是我不知道叫她做什么名字的那个。

因为想起她是和我的表姨妈同来，两人相像，我就料定她也是我的表妹妹；她只有我的肩头高。

“表妹！”一直到傍晚时分，我才向她说，还时她正和一个高低相等的女孩子，躲在西边的厢房里面，折叠着纸塔玩。

听我在叫她，她侧过脸来，现出一点害羞，但随着在娇媚的脸儿上便浮起微笑。

“是不是叫你做表妹？”我顺手拿起另一张纸，也学她折叠纸塔。

她不语。

那个女孩子也不知怎的，悄悄地走开了，于是这个宽大的厢房里面只剩下两个人，我和她。

她很自然，依样低头的，用她那娇小的手指，继续着折叠那纸塔。我便跑开去，拿来我所心爱的英文练习本，把其中的漂亮的洋纸扯开，送给她，并且我自己还折了火轮船，屋子，暇蟆，和鸟儿之类的东西，也都送给她。她受了我的这些礼物，却不说出一句话来，只用她的眼光和微笑，向我致谢。

我忽然觉到，我的心原先是空的，这时才因她的眼光和微笑而充满了异样的喜悦。

她的塔折叠好了，约有一尺多高，就放在其余的纸物件中间，眼睛柔媚的斜着去看，这不禁使我小小的心儿跳动了。

“这好看，”我说。“把它送给我，行不行?”

她不说话，只用手把那个塔拿起来，放到我面前，又微笑，眼光充满着明媚。

我正想叫她一声“观音菩萨”，作为感谢，一个仆妇却跑来，并且慌慌张张的，把她拉走了，她不及拿去我送给她的那些东西。看她临走时，很不愿意离开的回望我的眼波，我惘然了，若有所失的对那些纸物件痴望。

因久等仍不见她来，我很心焦的跑到外面去找，但是在全屋子里面，差不多每一个空隙都瞧过了，终不见她的半点影子。于是，在我的母亲和女客们的谈话中间，关于她，我听到不幸的消息，那是她的父亲病在海外，家里突接到这样的信，她和她的母亲全回家去了。我心想，她今夜无论如何，是不会再到这里来上酒席了。我就懊悔到尽痴望纸塔，而不曾随她出去，在她身边，和她说我心里的话，要她莫忘记我；并且，那些纸折的东西也是应该给她的。我觉得我全然做错了。

我一个人闷闷的，又来到西厢房，看见那些小玩艺儿，心更惘然了；我把它们收起，尤其是那个塔，珍重地放到小小的皮箱里去。

这一夜为我而设的酒席上面，因想念她，纵有许多男男女女的客都向我说笑，我也始终没有感到欢乐，只觉得很无聊似的；我的心情是完全被怅惘所包围着。

由是，一天天的，我的心只希望着她能够再来，看一次她的影子也好；但是这希望，无论我是如何的诚恳，如何的急切，全等于梦，渺茫的，而且不可摸捉，使得我仿佛曾受了什么很大的损失。我每日怅怅的，母亲以为我有了不适，然而我能够向她说出些什么话呢？我年纪还小，旧礼教的权威又压迫着我的全心灵，我终于撒谎了，说是因为我的肚子受了寒气。

我不能对于那失望，用一种明瞭的解释，我只模模糊糊地觉得，没有看见她，我是很苦恼的。

大约是第四天，或是第五天吧，那个仆妇单独地来到，说是老爷的病症更加重，太太和小姐都坐海船走了。——

呵！这些话在我的耳里便变成了巨雷！我知道，我想再见到她，是不可能的事了。我永远记着这个该诅咒的日子。

始终没有和她作第二的见面，那学校的开学日期却近了，于是我又离开家；这一次的离家依样带着留恋，但在我大部分的心中，是充满着恼恨。

在校中，每次写信给双亲的时候，我曾想——其实是因想到她，才想起给家里写信，但结果都被胆怯所制，不敢探问到她，即有时已写就了几句，也终于涂抹了，或者又连信扯碎。

第二年的夏天，我毕业了，本想借这机会回家去，好生的看望她，向她说出我许久想念她的心事；但当时却突然由校长的命令（为的我是高才生），不容人拒绝和婉却的，把我送到战舰上去实事练习了。于是，另一种新的生活，我就开始了，并且脚踪更无定，差不多整年的浮在海面，飘泊去，又飘泊来，离家也就更远了。因此，我也就更深的想念着她。

时光——这东西像无稽的梦幻，模糊的，在人的不知觉间，消去了，我就这样忽忽的，并且没有间断地在狂涛怒浪之中，足足的度过六年，我以为也像是一个星期似的。

其实，这六年，想起来是何等可怕的长久呵。在其间，尤其是在最后的那两年，因了我年纪的增长，我已明了所谓男女之间的关系了，但因这，对于我从幼小时所深印的她的影子，也随着更活泼，更鲜明，并且更觉得美丽和可爱了，我一想到她应该有所谓及笄年纪的时候，我的心就越跳跃，我愿向她这样说：我是死了，我的心烂了，我的一切都完了，我没有梦的背景和生活的希望了，倘若我不能得到你的爱！——并且我还要继续说——倘若你爱我，我的心将充满欢乐，我不死了，我富有一切，我有了美丽的梦和生活的意义，我将成为宇宙的幸福王子。……想着时，我便重新展览了用全力去珍重保存的那些纸折的物件，我简直要发狂了，我毫无顾忌地吻她的那个纸塔——我的心就重新挟击着两件东西：幸福和苦恼。

我应该补说一句：在这六年中，我的家境全变了，父亲死去，惟一的弟弟也病成瘫子，母亲因此哭瞎了眼睛，……那末，关于我所想念的她，我能用什么方法去知道呢？能在我瞎子的母亲面前，不说家境所遭遇的不幸，而恳恳的只关心于我所爱恋的她么？我只能常常向无涯的天海，默祷神护祐，愿她平安，快乐和美丽……！

倘若我无因的想起她也许嫁人，在这时，我应该怎样说？我的神！我是一个壮者，我不畏狂涛，不畏飓风，然而我哭了，我仿佛就觉得死是美丽，惟有死才是我最适合的归宿，我是失去我的生活的一切能力了。

不过，想到她还是待人的处女的时候，我又恢复了所有生活的兴趣，我有驱逐一切魔幻的勇气，我是全然醒觉了，存在了。

总而言之，假使生命须一个主宰，那末她就是主宰我生命的神！

我的生活是建设在她上面。

然而，除了她的眼光和微笑，我能够多得一些什么？

这一直到六年之最末的那天，我离开那只战舰，回到家里的时候……

能够用什么话去形容我的心情？

我看见到她（这是在表姨妈家里），她是已出嫁两年了，拖着毛毵毵黄头发不满周岁的婴儿，还像当年模样，我惊诧了，我欲狂奔去，但是我突然被了一种感觉，我又安静着；呵，只有神知道，我的心是如何的受着无形的利刃的宰割！

为了不可攻的人类的虚伪，我忘却了自己，好像的忘却了一般，我安静而且有礼的问她好，抚摩她的小孩，她也殷勤地关心我海上的生活情况并且叹息我家境的变迁，彼此都坦然的，孜孜地说着许许多多零碎的话，差不多所想到的事件都说出了。

真的，我们的话语是像江水一般不绝地流去，但是我始终没有向她说：

“表妹，你还记得么，七年前你折叠的那个纸塔，还在我箱子里呢！”

温柔的防浪石堤

张允和

是秋天，不是春天；那是黄昏，不是清晨；到是个1928年的星期天。有两个人，不！有两颗心从吴淞中国公学大铁门走出来。一个不算高大的男的和一个纤小的女的。他们没有手挽手，而是距离约有一尺，并排走在江边海口。他和她互相矜持的微笑着。他和她彼此没有说话，走过小路，穿过小红桥，经过农舍前的草堆。脚步声有节奏弹奏着和谐的乐曲。

吴淞江边的草地，早已没有露水。太阳还没有到海里躲藏。海鸥有情有义的在水面上飞翔。海浪不时轻柔的拍击着由江口深入海中的防浪石堤。这是地被年深日久的江水河海浪冲击的成了一条长长的乱石堆，但是还勉强的深入海中。没有一块平坦石头可以安安稳稳的坐人。

周围是那么宁静，天空是那么蔚蓝。只有突突的心跳，淡淡的脸红在支配宇宙。

走啊走，走上了石堤。他勇往向前。她跟在后面。谁也不敢搀谁的手。长长的石堤只剩下三分之一了，才找到一块比较平坦而稍稍倾斜的石头。他放下一块洁白的大手帕，风吹得手帕飘舞起来，两个人用手按住手帕的四角，坐了下来。因为石头倾斜，不得已挨着坐稳当些。她坐在他的左边。

这里是天涯海角，只有两个人。是有风，风吹动长发和短发纠缠在一起；是有云，云飘忽在青天上偷偷的窥视着他们。两个人不说一句话。他从口袋里取出一本英文小书、多么美丽的蓝皮小书，是《罗密欧和朱丽叶》。小书签夹在第某幕、第某页中，于两个恋人相见一刹那。什么“我愿在这一文中洗尽了罪恶!”（大意）这个不怀好意的人，他不好意思地把小书放进了口袋，他轻轻用右手抓着她的左手。她不理会他，可是她的手直出汗。在这深秋的海边，坐在清凉的大石头上，怎么会出汗？他笑了，从口袋里又取出一块白的小手帕，塞在两个手的中间。她想，手帕真多！

半晌，静悄悄地，其实并不静悄悄的，两个人的心跳，只有两个人听得见。他俩人听不见海浪怕打石堤有节奏的声音，也听不见吴淞江水滔滔东去的声音。他放开她的左手。用小手帕擦着她的有汗的手。然后他擦擦自己的鼻子，把小手帕放回口袋里。换一个手吧，他小心握她的左手，希望她和他面对面，可是她却把脸更扭向左边，应识别过头去不理他。他只好和她说悄悄话，可是没有声音，只觉得似春风触动她的头发，触动她的耳朵，和她灼热的左边面颊。可是再也达不到他希望的部位。

她虽然没有允许为他“洗净了罪恶”，可是当她的第一只手被他抓住的时候，她就把心交给了他。从此以后，将是欢欢乐乐在一起，风风雨雨更要在一起。不管人生道路是崎岖的还是平坦的，他和她总是在一起，就是人不在一起，心也是在一起。她的一生的命运，紧紧的握在他的手里。

以后，不是一个人寂寞的走路，而是两个人共同去探索行程。不管是欢乐，还是悲愁，两人一同负担；不管是海浪险波，不管是风吹雨打，都要一同接受人间的苦难，更远享受人间的和谐的幸福生活！

这一刻，是人生的开始，是人类的开始，是世界的开始，是人生最有意义的一刻。

这一刻，是两个人携手跨入了人生旅途。不管风风雨雨、波波浪浪；不管路远滩险、关山万重，也难不了两个人的意志。仰望着蓝天，蔚蓝的天空，有多少人生事业的问题要探索；面对着大海，无边的大海，有多少海程要走啊。

这一刻，天和海都似乎看不见了，只有石头既轻软又温柔。不是没有风，但是没有风；不是没有云，但是没有云。风云不在这两颗心上。一切都化为乌有，只有两颗心在颤动着。

忆初恋

吴冠中

沅江流至沅陵，十分湍急，两岸的渡江船必需先向上流逆进约一华里，然后被急流冲下来，才能掌握在对岸靠拢码头。1938 年，日寇向内地步步紧迫，我们学院迁至沅陵对岸的荒坡老鸦溪，盖了一群临时性木屋上课。老鸦溪没有居民和商店，要采购什物必须渡江到沅陵城里去，但渡江是一场斗争，是畏途，且不无危险，故轻易不过江。

我患了脚疮，蔓延很厉害，不得不渡江到城里江苏医学院的附属医院去诊治，每隔二三天便须去换一次药。江苏医学院从镇江迁来，同我们一样是逃难来的学府，医院的工作人员也都是从江苏跟来的，同乡不少。门诊部的外科主任张医师与我院一位女同学梅子恋爱了，他们间经常要交换书信或物品，托我带来带去最为快捷方便。梅子像姐姐一样待我，很和蔼，张医师又主治我的脚疮，我当然非常乐意作为他们间的青鸟。

顽固的脚疮几个月不愈，我长期出入于门诊部。门诊部只有三四个护士，替我换药的也总是那一位护士小姐，像是固定的。日子一久。我渐渐注意到经常替我换药的她。她不说话，每次照样擦洗疮口，换新药，扎绷带，接着给别的病人换药去，我有时低声说谢谢，她没有反应，也许没听见。她文静、内向，几乎总是低着头工作，头发有时覆过额头。她脸色有些苍白，但我感到很美，梨花不也是青白色吗，自从学艺后我一度不喜欢桃花，认为俗气。她微微有些露齿，我想到《浮生六记》中的芸娘也微露齿，我陶醉于芸娘式的风貌。福楼拜比方：寂寞，是无声的蜘蛛，擅于在心的角落结网。未必是蜘蛛，但我感到心底似乎也在结网了，无名的网。十八岁的青年的心，应是火热的，澎湃的，没有被织网的空隙。我想认识她，叫她姐姐，我渴望宁静沉默的她真是我的亲姐姐，我没有姐姐。

星期日不门诊，我一大早过江赶到门诊部，在门诊部与护士宿舍之间的街道上来口走，盼望万一她出门来。她果真一人出门了，我大胆追上去湍惴地问：小姐，今天是否有门诊？显然是多余的话，但她善意地答今天休息。我居然敢于抓紧千钧一发的时际问她尊姓，她说姓陈，再问她哪里人，她说南通人。不敢再问，推说因收不到江苏的家信才打听消息。于是满足地、心怦怦跳，我在漫天大雾中渡江口老鸦溪去了。

本来可以向张医师打听关于这位陈姓护士的情况，但绝对不敢，太害羞了。有一次换药时姓陈的她不在，由另一位护士给我换，我问这位护士：经常给我换药的那位南通人陈小姐叫什么名，我托词有南通同乡有事转信。略一迟疑，她用钢笔在玻璃板上写了陈克如三字。我回到学院，写了一封长长的信寄给陈克如小姐。半个多世纪前的情书没有底稿，全篇只是介绍自己，自己的心，希望认识她，得到她的回音，别无任何奢望，没有一个爱字，也不理解什么是爱，只被难言的依恋欲望所驱使，渴望永远知道她的踪影。信发出后，天天等她的回信。回信不来，我也就不敢再去门诊部换药了，像罪犯不敢再露面。

战事紧迫，长沙大火，沅陵已非安身之地，学院决定迁去昆明。师生员工已分期分批包了车先到贵阳集中，再转昆明。我不想走。尽力争取最后一批走。最后一批行期终于无情地到来，我仍未盼到陈克如小姐的回音。张医师交际广，门路多，他答应为我及同学子慕（梅子的同乡）两人找“黄鱼车”，就是由司机通融免费搭他的货车走，这样，我们自己便可领一笔学院配给的路费。我和子慕一直留到最后才离开沅陵。同学中只剩下我和子慕两人了，我忍不住向他吐露心底的秘密和痛苦，博得了他的极大同情和鼓励。

非离开沅陵不可的前夜，冒着狂风，子慕陪我在黑夜中渡过江，来到护士宿舍的大门口，我带了一幅自己最喜爱的水彩画，预备送她作告别礼物。从门口进去是一条长长的幽黯过道，过道尽头有微弱的灯光。我让子慕在门外街角等我，自己悄悄摸进去，心怦怦地跳。灯下有人守着，像是传达人员，他问我找准，我壮着胆子说找陈克如。他登上破旧的木头楼梯去，我于是又退到阴暗处着动静。楼梯格格地震动，有人大步下楼来，高呼：谁找我！是一个老太太的声音。我立即回头拔步逃出过道，到门外找到子慕，他迫切地问：见到了吗？我气喘得不能说话，一把拉着他就往江边跑，待上了渡船，才诉说惊险的一幕。

翌晨大风雪，我和子慕爬上货车的车顶，紧裹着棉衣，在巅巅簸簸的山路中向贵阳方向驰去，开始感到已糜烂了的脚疮痛得厉害。几天共患难的旅程中子慕一直和我谈论她。虽然他并未见过这位我心目中的洛神。在贵阳逗留几个月，我天天离不开子慕。仿佛子慕就是她，也只能对子慕才能谈及她。离沅陵前我曾给陈克如寄去几封长信，渗着泪痕与血迹的信吧，并告以我不得不离去沅陵，同时附上我们学院在贵阳的临时通信地址。有一天，我收到一封不相识者的来信，教导我青年人做事要三思而行，说我喜爱的、给我经常换药的那位护士叫陈寿麟，南通人，二十一岁，我以后有信寄给她，还祝我如愿。我和子慕研究，写信人大概就是陈克如，那位老太太，门诊部的护士长，我于是写信给比我大几岁的陈寿麟。称她姐姐，姐姐始终未回信。

我们遇上了贵阳大轰炸，惨不忍睹。有一天我和子慕在瓦砾成堆的街头走。突然发现了门诊部的几位护士，她亦在其中，她们也迁来贵阳了！我悄悄告诉子慕这一惊心动魄的奇遇，我们立即远远跟踪她们。见她们到一刻字摊上刻图章，我们随后也到这摊上假意说刻章，暗中查看刚才那几位刻章者的姓名。其中果然有陈寿麟，千真万确了。最后，一直跟到她们要进深巷中去了，我不敢进去，易暴露，由子幕一人进去，他看准她们进入了毓秀里 81 号的住宅宿舍。我接着写信寄本市毓秀里 81 号，也许从贵阳寄沅陵的信她并未收到，本市的信寄出多日，依旧音讯全无。

贵阳仍经常有轰炸。那次大轰炸大可怕了，全城人民皆是惊弓之鸟，每闻警报，人人往城外逃命。我们宿舍在城边；我听到警报便往城里跑，跑到毓秀里的巷门，我想她亦将随人流经巷口奔出城去。但经过多次守候，每次等到城里人都跑光了，始终没见她出来。大概我到迟了，因听到警报虽立即从宿舍奔去毓秀里，路途毕竟要跑一段时间。于是，不管有无警报，我清晨6点钟前便在毓秀里巷口对面一家茶馆边等待，一直等到完全天黑，而且连续几天不间断地等，她总有事会偶然出门吧。然而再也见不到她的出现。我记得当时日记中记述了从清晨到黑夜巷口的空气如何在分分秒秒间递变。有一次，突然见到她的同事三四人一同出来了，我紧张极了，但其中没有她。她的同事们谈笑着用手指点我守候的方位，看来她们已发觉了，我也许早已成为她们心目中的傻子，谈话中的笑料。我不得不永远离开，不敢再企望见到她的面或她的倩影。但我终生对白衣护士存有敬爱之情，甚至对白色亦感到分外高洁，分外端庄，分外俏。

40年代我任重庆大学助教，因事去北碚，发现江苏医学院的附属医院就迁在北碚，于是到传达室查看职工名牌，陈克如居然还在。但陈寿麟已不知去向。张医师和梅子结婚后早已离开门诊部，解放后他们在杭州工作，我曾到杭州他们家作客，久别重逢，谈不尽的往事，未有闲暇向他们诉说这段沅陵苦恋的经过，不知张医师会不会记得陈寿麟其人，她今在人间何处！

尺素传情

我行过许多地方的桥，看过许多次数的云，喝过许多种类的酒，却只爱过一个正当最好年龄的人。我应当为自己庆幸……

与妻书

林觉民

意映卿卿如晤：

吾今以此书与汝永别矣！吾作此书时，尚是世中一人，汝看此书时，吾已成为阴间一鬼。吾作此书，泪珠和笔墨齐下，不能竟书而欲搁笔。又恐汝不察吾衷，谓吾忍舍汝而死，谓吾不知汝之不欲吾死也，故遂忍悲为汝言之。

吾至爱汝！即此爱汝一念，使吾勇于就死也。吾自遇汝以来，常愿天下有情人都成眷属；然遍地腥云，满街狼犬，称心快意，几家能彀？司马青衫，吾不能学太上之忘情也。语云：仁者“老吾老以及人之老，幼吾幼以及人之幼”。吾充吾爱汝之心，助天下人爱其所爱，所以敢先汝而死，不顾汝也。汝体吾此心，于啼泣之余，亦以天下人为念，当亦乐牺牲吾身与汝身之福利，为天下人谋永福也。汝其勿悲！

汝忆否？四五年前某夕，吾尝语曰：“与使吾先死也，无宁汝先吾而死！”汝初闻言而怒，后经吾婉解，虽不谓吾言为是，而亦无词相答。吾之意盖谓以汝之弱，必不能禁失吾之悲，吾先死留苦与汝，吾心不忍，故宁请汝先死，吾担悲也。嗟夫！谁知吾卒先汝而死乎！

吾真真不能忘汝也！回忆后街之屋，入门穿廊，过前后厅，又三四折，有小厅，厅旁一屋，为吾与汝双栖之所。初婚三四个月，适冬之望日前后，窗外疏梅筛月影，依稀掩映；吾与（汝）并肩携手，低低切切，何事不语？何情不诉？及今思之，空余泪痕！又回忆六七年前，吾之逃家复归也，汝泣告我：“望今后有远行，必以告妾，妾愿随君行。”吾亦既许汝矣。前十余日回家，即欲乘便以此行之事语汝，及与汝相对，又不能启口；且以汝之有身也，更恐不胜悲，故惟日日呼酒买醉。嗟夫！当时余心之悲，盖不能以寸管形容之。

吾诚愿与汝相守以死，第以今日事势观之，天灾可以死，盗贼可以死，瓜分之日可以死，奸官污吏虐民可以死，吾辈处今日之中国，国中无地无时不可以死！到那时使吾眼睁睁看汝死，或使汝眼睁睁看我死，吾能之乎？抑汝能之乎？即可不死，而离散不相见，徒使两地眼成穿而骨化石，试问古来几曾见破镜能重圆？则较死为苦也，将奈之何？今日吾与汝幸双健。天下人之不当死而死与不愿离而离者，不可数计，钟情如我辈者，能忍之乎？此吾所以敢率性就死不顾汝也。吾今死无余憾，国事成不成自有同志者在。依新已五岁，转眼成人，汝其善抚之，使之肖我。汝腹中之物，吾疑其女也，女必像汝，吾心甚慰。或又是男，则亦教其以父志为志，则我死后尚有二意洞在也。甚幸！甚幸！吾家后日当甚贫，贫无所苦，清静过日而已。

吾今与汝无言矣！吾居九泉之下，遥闻汝哭声，当哭相和也。吾平日不信有鬼，今则又望其真有。今人又言心电感应有道，吾亦望其言是实，则吾之死，吾灵尚依依旁汝也，汝不必以勿侣悲！

吾平生未尝以吾所志语汝，是吾不是处；然语之，又恐汝日日为吾担忧。吾牺牲百死而不辞，而使汝担忧，的的非吾所忍，吾爱汝至，所以为汝谋者惟恐未尽。汝幸而偶我，又何不幸而生今日之中国！吾幸而得汝，又何不幸而生今日之中国！卒不忍独善其身。嗟夫！巾短情长，所未尽者，尚有万千，汝可以模拟得之。吾今不能见汝矣！汝不能舍吾，其时时于梦中得我乎？一恸！

辛未三月念六夜四鼓，意洞手书。

家中诸母皆通文，有不解处，望请其指教，当尽吾意为幸！

灯 下

白 薇

维弟：

接你第二封信，似乎要回信，说破你的悲哀，似乎不必回信，恐怕增你的烦感。总之，我不想回信，等到九月回京也不想写信，而且无论到何时都不想写信，可以说：是我再不想给你的信。

“啊，残酷！残酷！悲惨啊！”你不又是要一只眼睛一条泪丝这么样叹息么？天为凡俗人纳污垢：创造蔚蓝的脏水海；天为感情家集幽芳：创造澄碧的泪泉川。海水不深，沉不尽无量数的热闹的丑恶；流川不深，浮不起明星寥落的艺术。你有多少碧莹莹的玉髓？你有多少鲜丽丽的珠精？流吧！流吧！你爱流尽管流呀！流到最终的那一滴，始与泪天沉默着的先辈聚集。

啊，嫩绿绿的青年！你也爱了涅么？你也喜欢无爱憎无欢乐么？你忍看泪水滴滴流尽：为的追求爱之光明。你怎甘与醉迷迷的春光割爱？你怎舍得丢了光怪陆离的世界，来过这冷寂的生涯？美之追求的宇宙迷儿哟！你想这是美之所归？这里原是绝灭境界。芳艳到此寂然，满目只剩墓天，无爱无憎无悲亦无欢，所谓是涅。等你来到沉寂的泪天会面时，先辈会这么询问你，我也会这么询问你。因为我也是你先辈中的一人哩。

维弟，你还爱一息之生机，泪是不可多流的。哀伤是破坏美的枪弹；哀伤是引人认识涅的妙谛。敬爱的维弟！你看到我这信，你该知我不仅是丧失了傀然一身，连悲哀也一片不残存。我常常自己发问不知道我是鬼还是人？又觉得我多少有些佛性，悲伤是一片也不残存。你殷勤劝我的话，是不是多劳了神？

当我被悲哀左右死生的时候，中国书只有一部“楚辞”，能慰慰楚楚凄凄的心；当我沉沉寂寥的时候，听人家淅淅的流泪声也能警醒亡灵。总之，我为你弄得不安了，不得不回你这一个信，维弟哟，假定我是人，我们有丝丝相结的精神，要交际就交际，何须求呢？何况我本爱你，我久已是无邪气的爱你，我只愿你一件：愿你像 P. 和 T. 他们一般！随便交游，随便往还，爱的时候恨不得抱成一块，吵的时候也不防闹得破天。不必定个什么目标，更不必作条死呆呆的界线。想会面可以常常相见，不高兴的时候永远不必再相见。望你不要想得太长，也不必想得太短。横竖人生仿佛浪花，全靠积一瞬间一瞬间的虚幻。

轻井泽是避暑的天国，它的美处想等你来描写。你和 T，P 他们来吧！我很盼望。T，P 他们或者困难，你应该不困难。你一个人不能来么？你丢不了你们的新乐园么？这里还有许多贷间（出租的房间，收取租金的房间），景色之美丽幽玄，不由你不疑此土是仙境而你是神仙。你来！我们同游奇山，去洗温泉不好么？早晚一块儿往群芳竞放的原野，在黄莺回啭的密林下散步不好么？无论如何请来吧！我在等你。

薇

你是我走向光明的热望

朱生豪

宋：

才板着脸孔带着冲动写给你一封信，读了轻松的来书，又使我的心弛放了下来。叫他们拿给你看的那信已经看到？有些可笑吧，还是生气？实在是，近来心里很受到些气闷，比如说有人以为我不应该爱你之类；而两个多月来离群索居的生活，使我脱离了一向沉迷着感伤的情绪的氛围，有着静味一切的机会，也确使我渐对过去的梦发生厌弃，而有努力做人的意思。

我真希望你是个男孩子，就这一年匆匆的相聚，彼此也真太拘束得苦。其实别说你是那么干净那么真纯，就是一些人的冷眼，也会把我更有力地拉近了你的。我没有和平常人那样只闹一回恋情的把戏，过后便撒手了的意思。我只希望把你当作自己弟弟一样亲爱。论年岁我不比你大什么，忧患比你经过多，人生的经验则不见比你丰富什么，但就自己所有的学问，几年来冷静的观察与思索，以及早入世诸点上，也许确能做一个对你有一点益处的朋友，不只是一个温柔的好男子而已。

对于你，我希望你能锻炼自己，成为一个坚强的人，不要甘心做一个女人（你不会甘心于平凡，这是我相信的），总得从重重的桎梏里把自己的心灵解放出来，时时有毁灭破旧的一切的勇气（如果有一天你觉得我对于你已太无用处，尽可以一脚踢开我，我不会怨你半分），耐得了苦，受得住人家的讥笑与轻蔑，不要有什么小姐式的感伤，只时时向未来睁开你的慧眼，也不用担心什么恐惧什么，只努力使自己身体感情各方面都坚强起来，我将永远是你的可以信托的好朋友，信得过我吗？

也许真会有那么海阔天空的一天，我们大家都梦想着的一天！我们不都是自由的渴慕者吗？

现在的你，确实是太使我欢喜的，你是我心里顶溺爱的人。但如其有那么一天我看见你，脸孔那么黑黑的，头发那么短短的，臂膀不像现在那么瘦小得不盈一握，而是坚实而有力的，走起路来，胸膛挺挺的，眼睛明明的发光，说话也沉着了，一个纯粹自由国土里的国民（你相信我不会爱一个“古典美人”？虽然我从前曾把林黛玉作为我的理想过），那时我真要抱着你快活得流泪了。也许那时我到底是一个弱者，那时我一定不敢见你，但我会躲在路旁看着你，而心里想，从前我曾爱过这个人……这安慰也尽可以带着我到坟墓里去而安心了。这样的梦想，也许是太美丽了，但你能接受我的意思吗？

为了你，我也有走向光明的热望，世界不会于我太寂寞。

天凉气静，愿安心读书，好好保重。

朱朱 廿三夜

彼此不相负

徐志摩

龙龙：

我的肝肠寸寸地断了，今晚再不好好的给你一封信，再不把我的心给你看，我就不配爱你，就不配受你的爱。我的小龙呀，这实在是太难受了，我现在不愿别的，只愿我伴着你一同吃苦——你方才心头一阵阵的作痛，我旁边只是咬紧牙关闭着眼睛替你熬着，龙呀，让你血液里的讨命鬼来找着我吧，叫我眼看你这样生生的受罪，我什么意念都变成灰了！你吃的苦是真的，叫我怨谁去？

离别当然是你今晚纵酒的原因，我先前只怪我自己不留意，害你气成这样，但转想你的苦，分明不全是醉酒的苦，假如今晚你不喝酒，我到了相当的时刻得硬着头皮对你说再会。那时你就会舒服了吗？再回头受逼迫的时候，就会比醉酒的痛苦强吗？咳，你自己说的对，顶好是醉死了完事。不死也得醉，醉了多少可以自由发泄，不比死闷在心窝里好吗？所以一想到你横竖是吃苦，我的心就硬了。我只恨你不该留这许多人一起喝，人一多就糟，要是单是你与我对喝，那时要醉就同醉，要死也死在一起，醉也是一体，死也是一体，要哭让眼泪和成一起，要心跳让你我的胸膛紧贴在一起，这不是在极苦里实现了我们想望的极乐，从醉的大门走进了大解脱的境界，只要我们灵魂合成了一体，这不就满足了我们最高的愿望吗？

啊，我的龙，这时候你睡熟了没有？你呼吸调匀了没有？你的灵魂暂时平定了没有？你知不知道你的爱正在含着两眼热泪在这深夜里和你说话，想你，疼你，安慰你，爱你？我好恨呀，这一层的隔膜，真的全是隔膜。这仿佛是你淹在水里挣扎着要命，他们却掷下瓦片石块来算是救渡你。我好恨呀！这酒的力量还是不够大，方才我站在旁边我是完全准备了的，我知道我的龙儿的心坎儿只嚷着："我冷呀，我要他的热胸膛偎着我，我痛呀，我要我的他搂着我，我倦呀，我要在他的手臂内得到我最想望的安息与舒服!”——但是实际上我只能在旁边站着看，我稍微的一帮助就受人干涉，意思说:“不必费心，这不关你的事，请你早去休息吧，她不用你管!”哼，你不用我管！我这难受，你大约也有些感觉吧!

方才你接连叫着，“我不是醉，我只是难受，只是心里苦。”你那话一声声就像是钢钎锥子刺着我的心：愤、慨、恨、急的各种情绪就像潮水似的涌上了胸头；那时我就觉得什么都不怕，勇气像天一般的高，只要你一句话出口什么事我都干！为你我抛弃了一切，只是本分为你我，还顾得什么性命与名誉——真的假如你方才说出了一半句着边际着颜色的话，此刻你我的命运早已变定了方向都难说哩!

你多美呀，我醉后的小龙，你那惨白的颜色与静定的眉目，使我想起你最后解脱时的形容，使我觉得一种逼迫赞美崇拜的激震，使我觉得一种美满的和谐——龙，我的至爱，将来你永诀尘俗的俄顷，不能没有我在你的最近的边旁，你最后的呼吸一定得明白报告这世间你的心是谁的，你的爱是谁的，你的灵魂是谁的！龙呀，你应当知道我是怎样的爱你，你占有我的爱，我的灵，我的肉，我的“整个儿”。永远在我爱的身旁旋转着，永久的缠绕着，真的龙龙，你已经激动了我的痴情。我说出来你不要怕，我有时真想拉你一同死去，去到绝对的死的寂灭里去实现完全的爱，去到普遍的黑暗里去寻求唯一的光明——咳，今晚要是你有一杯毒药在近旁，此时你我竟许早已在极乐世界了。说也怪，我真的不沾恋这形式的生命，我只求一个同伴，有了同伴我就情愿欣欣地瞑目；龙龙，你不是已经答应做我永久的同伴了吗？我再不能放松你，我的心肝，你是我的，你是我这一辈子唯一的成就，你是我的生命，我的诗；你完全是我的，一个个细胞都是我的——你要说半个不字，叫天雷打死我完事。

我在十几个钟头内就要走了，丢开你走了，你怨我忍心不是？我也自认我这回不得不硬一硬心肠，你也明白我这回去是我精神的与知识的“散拿吐瑾”。我受益就是你的受益，我此去得加倍的用心，你在这时期内也得加倍的奋斗，我相信你的勇气，这回就是你的试验，证实你勇气的机会，我人虽走，我的心不离开你，要知道在我与你的中间有的是无形的精神线，彼此的悲欢喜怒此后是会相通的，你信不信？（身无彩凤双飞翼，心有灵犀一点通。）我再也不必嘱咐，你已经有了努力的方向，我预知你一定成功，你这回冲锋上去，死了也是成功。有我在这里，阿龙，放大胆子，上前去吧，彼此不要辜负了，再会！

摩

三月十日早三时

哭　摩

陆小曼

我深信世界上怕没有可以描写得出我现在心中如何悲痛的一枝笔。不要说我自己这枝轻易也不能动的一枝。可是除此我更无可以泄我满怀伤怨的心的机会了，我希望摩的灵魂也来帮我一帮。苍天给我这一霹雳直打得我满身麻木得连哭都哭不出，浑身只是一阵阵的麻木。几日的昏沉直到今天才醒过来知道你是真的与我永别了。摩！慢说是你，就怕是苍天也不能知道我现在心中是如何的疼痛，如何的悲伤！从前听人说起“心痛”我老笑他们虚伪，我想人的心怎会觉得痛，这不过说说好听而已，谁知道我今天才真的尝着这一阵阵心中绞痛似的味儿了，你知道么？曾记得当初我只要稍有不适即有你声声的在旁慰问。咳，如今我即是痛死也再没有你来低声下气的慰问了，摩，你是不是真的忍心永远的抛弃我了么？你从前不是说你我最后的呼吸也须要连在一起才不负你我相爱之情么？你为甚不早些告诉你是要飞去呢？直到如今我还是不信你真的是飞了，我还是在这儿天天盼着你回来陪我呢，你快点将未了的事情办一下，来同我一同到云外去优游去吧，你不要一个人在外逍遥，忘记了闺中还有我等着呢！

这不是做梦么，生龙活虎似的你倒先我而去，留着一个病恹恹的我单独与这满是荆棘的前途来奋斗。志摩，这不是太惨了么？我还留恋些什么？可是回头看看我那苍苍白发的老娘，我不由一阵阵只是心酸，也不敢再羡你的清闲爱你的优游了，我再哪有这勇气，去丢她这个垂死的人而与你双双飞进这云天里去围绕着灿烂的明星跳跃，忘却人间有忧愁有痛苦像只没有牵挂的梅花鸟。这类的清福怕我还没有缘去享受！我知道我在尘世间的罪还未满，尚有许多的痛苦与罪孽还等着我去忍受呢。我现在唯一的希望是你倘能在一个深沉的黑夜里，静静凄凄的放轻了脚步走到我枕边给我些无声的私语让我在梦魂中知道你！我的大大是回家来探望你那忘不了你的爱来了，那时间，我决不张惶！你不要慌，没人会来惊扰我们的。多少你总得让我再见一见你那可爱的脸我才有勇气往下过这寂寞的岁月，你来罢，摩！我在等着你呢。

事到如今我一点也不怨，怨谁好？恨谁好？你我五年的相聚只是幻影，不怪你忍心去，只怪我无福留，我是太薄命了，十年来受尽千般的精神痛苦，万样的心灵摧残，只将我这一颗心打得破碎得不可收拾，到今天才真变了死灰的了，也再不会发出怎样的光彩了。好在人生的刺激与柔情我也曾尝味，我也曾容忍过了。现在又受到了人生是最可怕的死别。不死也不免是朵憔悴的花瓣再见不着阳光晒也不见甘露漫了。从此我再不能知道世间有我的笑声了。

经过了许多的波折与艰难才达到了结合的日子，你我那时快乐直忘记了天有多高地有多厚，也忘记了世界上有忧愁二字，快活的日子过得与飞一般的快，谁知道不久我们又走进愁城。病魔不断的来缠着我，它带着一切的烦恼，许多的痛苦，那时间我身体上受到不可言语的沉痛，你精神上也无端的沉入忧闷，我知道你见我病身呻吟，转侧床第，你心坎里有说不出的怜惜，满肠中有无限的伤感。你虽慰我，我无从使你再有安逸的日子，摩，你为我荒废了你的诗意，失却了你的文兴，受着一般人的笑骂，我也只是在旁默然自恨，再没有法子使你像从前的欢笑。谁知你不顾一切的还是成天安慰我，叫我不要因为生些病就看得前途只是黑暗，有你永远在我身边不要再怕一切无谓闲论。

我就听着你静心平气的养，只盼着天可怜我们几年的奋斗，给我们一个安逸的将来。谁知道如今一切都是幻影，我们的梦再也不能实现了，早知有今日何必当初你用尽心血的将我抚养呢？让我前年病死了，不是痛快得多么？你常说天无绝人之路，守着好了，哪知天竟绝人如此，哪儿还有我可以平坦着走的道儿？这不是命么？还说什么？摩，不是我到今天还在怨你，你爱我，你不该轻生，我为你坐飞机，吵闹不知几次，你还是忘了我的一切的叮咛，瞒着我独自飞上天去了。

完了，完了，从此我再听不见你那叽咕小语了，我心里的悲痛你知道么？我的破碎的心留着等你来补呢，你知道么？唉，你的灵魂也有时归来见我么？那天晚上我在朦胧中见着你往我身边跑，只是一霎眼就不见了，等我跳着，叫着你，也再不见一些模糊的影子了。咳，你叫我从此怎样度此孤单的岁月呢？真是叫天天不应，叫地地不响，苍天因何给我这样惨酷的刑罚呢！从此我再不信有天道，有人心，我恨这世界，我恨天，恨地，我一切都恨，我恨他们为什么抢了我的你去，生生的将我们两颗碰在一起的心离了开去，从此叫我无处去摸我那一半热血未干的心。你看，我这一半还是不断流着鲜红的血，流得满身只成了个血人，这伤痕除了那一半的心回来补，还有什么法子叫她不滴滴的直流呢？痛死了有谁知道？终有一天流完了血自已就枯萎了。若是有时候你清风一阵的吹回来见着我成天为你滴血的一颗心，不知道又要如何的怜惜何等的张惶呢！我知道你又看直着两个小猫似眼珠儿乱叫乱叫着。我希望你叫高声些，让我好听得见，你知道我现在只是一阵阵糊涂，有时人家大声的叫着我，我还是东张西望不知道声音是何处来的呢？大大，若是我正在接近着梦边，你也不要怕扰了我梦魂像平常似的不敢惊动我，你知道我再不会骂你了，就是你扰我从此不睡我也不敢再怨了，因为我只要再能得到你一次的扰，我就可以责问他们因你骗我说你不再回来，让他们看看我的摩还是丢不了我，乖乖的又回来陪伴着我了，这一回我可一定紧紧的搂抱你再不能叫你飞出我的怀抱了。天呀！可怜我，再让你回来一次吧！我没有得罪你，为什么罚我呢？摩！我这儿叫你呢，我喉咙里叫得直要冒血了，你难道还没有听见么？只叫到铁树开花，枯木发声，我还是忍心等着，你一天不回来，我一天的叫，等着我哪天没有了气我才甘心的丢开这唯一的希望。

你这一走不单是碎了我的心，也收了许多朋友不少伤感的痛泪。这一下真使人们感觉到人世的可怕，世道的险恶，没有多少日子竟会将一个最纯白最天真不可多见的人收了去，与人世永诀。在你也许到了天堂，在那儿还一样过你的欢乐的日子，可是你将我从此就断送了。你从前不是说要我清风似的常在你的左右么？好，现在倒是你先化着一阵清风飞去天边了，我盼你有时也吹回来帮着我做些未了的事情，只要你有耐心的话，最好是等着我将人世的事办完了同着你一同化风飞去，让朋友们永远只听见我们的风声而不见我们的人影，在黑暗里我们好永远逍遥自在的飞舞。

我真不明白你我在佛经上是怎样一种因果，既有缘相聚又因何中途分散，难道说这也有一定的定数么？记得我在北平的时候，那时还没有认识你，我是成天的过着那忍泪假笑的生活。我对人老含着一片至诚纯白的心而结果反遭不少人的讥诮，竟可以说没有一个人能明白我，能看透我的。一个人遭着不可言语的痛苦，当然的不由生出厌世之心，所以我一天天的只是藏起了我的真实的心而拿一个虚伪的心来对付这混浊的社会，也不再希望有人来能真真的认识我明白我。甘心愿意从此自相摧残的快快了此残生，谁知道就在那时候会遇见了你，真如同在黑暗里见着了一线光明，遂死的人又兑了一口气，生命从此转了一个方向。摩摩，你的明白我，真算是透彻极了，你好像是成天钻在我的心房里似的，直到现在还只是你一个人是真还懂得我的。我记得我每遭人辱骂的时候你老是百般的安慰我，使得我不得不对你生出一种不可言喻的感觉，我老说，有你，我还怕谁骂，你也常说，只要我明白你，你的人是我一个人的，你又为什么要去顾虑别人的批评呢？所以我哪怕成天受着病魔的缠绕再也不敢有所怨恨的了。我只是对你满心的歉意，因为我们理想中的生活全被我的病魔来打破，连累着你成天也过那愁闷的日子。可是两年来我从来未见你有一些怨恨，也不见你因此对我稍有冷淡之意。也难怪文伯要说，你对我的爱是 Complete and true 的了，我只怨我真是无以对你，这，我只好报之于将来了。

我现在不顾一切往着这满是荆棘的道路上走去，去寻一点真实的发展，你不是常怨我跟你几年没有受着一些你的诗意的陶熔么？我也实在惭愧，真也辜负你一片至诚的心了，我本来一百个放心，以为有你永久在我身边，还怕将来没有一个成功么？谁知现在我只得独自奋斗，再不能得你一些相助了，可是我若能单独撞出一条光明的大路也不负你爱我的心了，愿你的灵魂在冥冥中给我一点勇气，让我在这生命的道上不感受到孤立的恐慌。我现在很决心的答应你从此再不张着眼睛做梦躺在床上乱讲，病魔也得最后与它决斗一下，不是它生便是我倒，我一定做一个你一向希望我所能成的一种人，我决心做人，我决心做一点认真的事业，虽然我头顶只见乌云，地下满是黑影，可是我还记得你常说“受苦的人没有悲观的权利”，一个人决不能让悲观的慢性病侵蚀人的精神，同厌世的恶质染黑人的血液。我此后决不再病（你非暗中保护不可）我只叫我的心从此麻木，不再问世间有恋情，人们有欢娱，我早打发我的心，我的灵魂去追随你的左右，像一朵水莲花拥扶着你往白云深处去缭绕，决不回头偷看尘间的作为，留下了我的躯壳同生命来奋斗，等到战胜的那一天，我盼你带着悠悠的乐声从一团彩云里脚踏莲花瓣来接我同去永久的相守，过吾们理想中的岁月。

一转眼，你已经离开了我一个月了，在这段时间我也不知道是怎样的过来的，朋友们跑来安慰我，我也不知道是说什么好，虽然决心不生病，谁知一直到现在它也没有离开过我一天，摩摩，我虽然下了天大的决心，想与你争一口气，可是叫我怎生受得了每天每时悲念你时的一阵阵心肺的绞痛，到现在有时想哭，眼泪干得流不出一点，要叫，喉中疼得发不出声，虽然他们成天的逼我一碗碗的喝苦水，也难以补得了我心头的悲痛，怕的是我恹恹的病体再受不了那岁月的摧残。我的爱，你叫我怎样忍受没有你在我身边的孤单。你那幽默的灵魂为什么这些日也不给我一些声响？我晚间有时也叫了他们走开，房间不让有一点声音，盼你在人静时给我一些声响，叫我知道你的灵魂是常常环绕着我，也好叫我在茫茫前途感觉到一点生趣，不然怕死也难以支持下去了。摩！求你显一显灵吧，你难道忍心真的从此不再同我说一句话了么？不要这样的苛酷了罢！你看，我这孤单的人影从此怎样的去撞这艰难的世界？难道你看了不心痛么？你爱我的心还存在么？你为什么不响？大！你真的不响了么？

一地相思，两处愁

朱　湘

（一）

我爱：

我前几天看到一件很有趣味的东西，一尺长的鱼，一阵总有几十个，在船走过的时候，飞起来。他们能飞几丈，几十丈远，飞时翅膀看得很清楚。鱼是很好看，可惜我不能抓住一条寄回给你看看。前天在檀香山，船停一天，我们大家多上岸玩。在一个“鱼介博物馆”内看到许多稀奇古怪的东西，有鸡一样大的虾子，两个大钳子，还有各种各样的鱼，有的扁的只有三分厚；圆的像一个桃子，有些嘴长得特别长，好像臭虫同猪的嘴一样。鱼的颜色更是好看得不得了，有些黑花上面满是黄点子，好像豹皮一般；有些上半截鹅黄，下半截淡青，好像女人穿的衣裳同裙子，腰间还有两条黑条子，那就像系一条黑缎边的淡青腰带。妹妹，我的妹妹，你说这好看不？这些鱼印的有照片，我已经买了一份。等到到了学校之处，寄信方便之时，我就寄给你看看，收着——不过这些照片比起活的来，差得远了。因为活的身体透明，并且在水中游来游去，极其灵活；正像你的照片虽然照得很好看，到底不如见面之时，我能听见你讲话。

我不曾离开上海的时候，一个人住在青年会，极其想你，做了一首诗。一直想写给你看，偏偏事情太忙不能有时候写下来。如今很闲空，我的精神又好，所以就此写出来：

戍卒边关绿草被秋风一夜吹黄，戈壁的平沙连天铺起浓霜，冷气悄无声将云逐过穹苍——我披起冬裳，不觉想到家乡。

家乡现在是田中弥漫禾香，闪动的镰刀似蚕食过青桑，朱红的柿子累累叶底深藏。鸡雏在谷场，噪着争拾馀粮。灯擎光似豆照她坐在机旁，一丝丝的黑影在墙上奔忙，秋虫畏冷倚墙根切切凄伤。儿子卧空床梦中时唤爷娘。一声雁叫拖曳过塞冷关荒，它携侣呼朋同去暖的南方，在絮白芦花之内亿卧徜徉。独留我徊徨，在这萧索边疆。

这首诗大意是说丈夫出外当兵（戍卒），秋天冷了，穿起妻子替他作的棉衣，不觉想起家乡来。（第一段）他想秋天家乡正是割稻子的时候。（第二段）到了夜间，妻房一定是对着灯光在机子旁边坐着织布，他们两个生的小孩子一定是睡在那张本来是三个人卧的床上，在梦中还叫父亲呢；哪知道父亲如今是在万里之外了！（第三段）这父亲听到一声雁叫，便自恩道：“这鸟儿尚且能带着母鸟去南边避寒，偏我不能回家，这是多苦的事呀！（第四段）这首诗有些字怕你不知意思，我就解释一下：边关是长城，戈壁是蒙古的大沙漠之名称，在长城北，穹苍是天，弥漫是充满，镰刀是割稻，累累是多，鸡雏是小鸡，灯擎是点灯芯的豆油灯，塞，关都是长城，携是带，侣是伴，就是妻子（母雁），絮白芦花是同棉花一样白的芦花，徜徉是游玩，徊惶是徘徊，就是走来走会，萧索是荒凉，边疆是靠近外国的地方。

（二）

我爱：

小东要雇奶妈，就早已嘱咐过了，不必再提。小沅定名叫海士，因为他是上海怀的，士就是读书人，士农工商的士。从前孔夫子说过一句话，叫作“仁者乐山，智者乐水”意思就是说，慈善的人爱山，因山是结实的；聪明人爱水，因为水是流动的：小沅是海水旁边怀的，我替他起个号叫伯智，就是希望他作一个聪明的人。“伯”是行大，聪明的人同尖巧的人不一样。聪明的人向大地方看，尖巧的人只看小的，尖巧人只是想着害人。小东定名叫雪，因为你到北京，头一次看见雪，刚巧那时你便怀了小东。并且雪是很美的一件东西，它好像一朵花，干的雪你仔细看一看就知道它是六角形，好像一朵花有六瓣花瓣，所以古人说“雪花六出”。她号燕支（燕字读作烟字一样，不是燕子的燕），因为古时候有一座山，叫燕支，在北方古代匈奴国的皇后她们不叫皇后，叫阏氏（就是燕支这二字），便是因为此故。小东是在北方怀的，所以号叫这个。我替你取的号叫霓君（这两个字我如今多么亲多么爱），是因为你的名字叫采云，你看每天太阳出来时候或是落山时候，天上的云多么好看，时而黄，时而红，时而紫，五采一般（彩字同）这些云也叫作霓，也叫作霞。（从前我替你取号叫季霞，是同一道理，但是不及霓君更雅。）古代女子常有叫什么君的，好像王昭君便极其有名。说到这里，我可以告诉你一个笑话：从前汉朝有一文人，叫东方朔（姓东方，名朔），这人极其好开玩笑，有一天皇帝祭地皇菩萨（这祭叫社），不用说，桌上自然是供一大块猪肉了，这块肉（大半是半个猪，或者整个）照规矩祭完神以后，由皇帝下令，叫大官分了带回家去，有一次这位东方先生性子急（不知是不是他的太太叫他 12 点钟回去吃中饭，那天祭神费时太多，已经一两点钟了，他怕回去太迟，太太要不依，说他只管自己，不顾别人等他，或者说他偷去会女相好，谈话谈忘记掉了，不记得回来吃饭了。），无论如何，总是他过于性急，不等汉武帝下令，他自己就在身边拔下了宝剑来（古人身边都带宝剑），在猪肉上头割了一块就走。但是被皇帝知道了，叫他说出道理，如若说不出，便推出午门斩首。（这自然是皇帝同他开玩笑，因为皇帝很喜欢他说笑话）这位东方先生毫不在乎的说：我割肉你应当夸奖我才对，为何反来责备我呢？你看我拔出剑来就割，这是多么勇敢！我割的刚好是自家份内应得的，不曾割别人的一点，这是多么清廉！拿肉回去给我的“细君”，这又是多么仁爱！细君就是“小皇帝”，“小先生”，就是说的他太太。皇帝一场大笑，放他走了，并且叫人跟着送一只整猪到他家里去。东方先生的太太自然是说不出的快活。本想骂她的先生一场的，也不骂了。这是提起君字，想到的一段故事。以后作文章的人读书的人叫妻子作细君，便是这样起来的。这个故事，我的霓君，我的细君；我的小皇帝，你看这有点趣味吗？我如今在外国省俭自己，寄钱给你，别的同学是不单不寄钱回家，有时还要家里寄钱，你看我比起东方朔先生来，也差不多吧？我想我寄回家的钱，总不止买一头猪罢？

（三）

霓妹妹我的孟母：

正月初六的信同相片收到。我真说不出的欢喜。你那封信写得真好。我以前要回国，并非为了对你疑心；你知道的，我向来不曾疑心过你。你信来的时候，我正写信给彭先生说你在上海怀着小东受了多大的苦，我如何的爱你敬你怜你。我自然要毕业才回国，博士大概不考了。我想年后春夏天一定回家，刚好在外国三年，如今已过去半年多了。我回家后一定要好好的作些书，一方面也教书，让你面上光荣，让你同小沅小东过一辈子好日子。我如今对你同小沅小东的爱情实在是说不出的浓厚。我一定要竭力的叫你们享点福。我想在外国的这两年把英文操练好，翻译中文诗作英文诗，以后回中国也照旧作下去。这不单名誉极好，并能得到很大的稿费。将来运气好，说不定我要来美国做大学教授，你真要来美国呢。（不必向别人说，怕的万一不成功，落人笑话）你说你肯在梦中来陪伴我，这是再好不过的呀。你是要坐飞机呢，还是要坐轮船呢？都好。从前我听到一个笑话，说一个乡下人听到别人讲世上最快的东西要算电报，他说我的妻子在几千里外，我想看她，不如把我一电报送到她那里去吧。你要是肯由电报打来美国，那更快呀。还有一件事要小心，你哪一夜来美国，要早些时候用无线电告诉我，我到了长沙，你来了芝加哥，那不是反来错过了吗？那张相片我看了说不出的欢喜。说来有趣，从前我是长头发，如今我的头发被剃头的不知道剪短了许多，你的头发变长了。这真是夫妻一对。你的面貌虽然极其正经，像教子的孟母，我看来你的脸还像一个女孩子的，一点不现老。

小沅那调皮的模样，将来长大了一定聪明的。你看他那像是笑又不像是笑的嘴，抬起来的眉毛，真是一个活泼箱神的样子。将来小东你们三个一定要同照一相再寄给我。我回家后要好好教小沅小东读书。我决定自己作些书给他们念。小沅很胖，我很欢喜。小东你务必请奶妈，不然我一定不依。我本想早些回家看你同小沅小东，不过我在罗伦士学校白念了半年书，来芝加哥，因为是很大的大学，只插进了三年级，要两年毕业。不过我想自己译些中文诗作英文诗，只好等后年春夏天再回家了。这两年半让我们多通些信，好容易过去些，你的信里可以多讲些你自己同小沅小东的事情，好让我看着快活。你住在万府上，是暂时的事情，如若我们自己的房子这半年之内能够搬进去住，那是最好的，不然还是照我前面说的办法进行为要。你住在万府上究竟是怎样一个办法，我很想知道。我这就写信给稚壮。不过信内说不了多少什么话。要等你回信后，我才能详细的写信给他。住在亲戚家里，如若他们不肯收房租饭钱，那是决不可以的。另有给憩轩四兄同季眉姊夫的信。上海的钱你一收到就写信告诉我，省得我记挂。

沅 3 月 7 日

（四）

我爱的霓妹：

昨晚作了一个梦，梦到你，哭醒了。醒过来之后，大哭了一场。不过不能高声痛快的哭一场，只能抽抽噎噎的，让眼泪直流到枕衣上，鼻涕梗在鼻孔里面。今天是礼拜，我看书看得眼睛都痛了，半是因为昨夜哭过的缘故，今天有太阳，这在芝加哥算是好天气了。天上虽然没有云，不过薄薄的好像蒙上了一层灰，看来凄惨的很。正对着我的这间房（在二层楼上）从窗子中间，看见一所灰色的房子，这是学校的，一点声音也听不见，好像死人一般。房子前面是一块空地基，上面乱堆着些陈旧的木板。

我看着这所房，这片地，心里说不出的恨他们。我如今简直像住在监牢里面，没有一个人说一句知心的话，有时看见一双父母带着子女从窗下路上走过去：这是礼拜日，父亲母亲工厂内都放了工，所以他们带了儿子女儿出门散步。我看见他们，真是说不出的羡慕。我如今说起来很好听，是一个留学生，可是想像工人一样享一点家庭的福都不能够，这是多么可怜又多么可恨。我写到这里，就忽的想起你当时又黄又瘦的面貌来，眼眶里又酸了一下。只要在中国活得了命，我又何至于抛了妻子儿女来外国受这种活牢的罪呢。

霓君，我的好妹妹，我从前的脾气实在不好，我知道有许多次是我得罪了你，你千忍万忍忍不住了，才同我吵闹的。不过我的情形你应该明白。我实在是在外面受了许多的气，并且那时一屁股的欠债，又要筹款出洋，我实在是不知怎样办法是好。我想你总可以饶恕我吧？这次回家之后，我想一定可以过的十分美满，比从前更好。

写这行的时候，听到一个摇篮里的小孩在门外面哭，这是同居的一家新添的孩子，我不知何故，听到他的哭声，心中恨他，恨他不是小沅小东，让我听了。我又想到你的温柔，你对我的千情万意，分开了，不能见面，不能立刻见面，说一句知心话，彼此温存一下，像从前在京城旅馆内初见面时那样温存一下。你还记得当时你是怎样吗？我靠在你身旁坐下，你身上面的一股热气直扑到我的脸上。（我想我当时的热气也一定扑到了你的脸上）我当时心里说不出的痒痒。后来我要摸你的手，我偷偷的摸到握住，你羞怯怯的好像新娘子一样，我当时真是说不出的快活。天哪，天哪，但望两三年后，夫妻都好，再能尝尝那种爱情的美味吧。

因为爱你

郁达夫

映霞：

这一封信，希望你保存着，可以作我们两人这一次交游的纪念。两月以来，我把什么都忘掉。为了你，我情愿把家庭，名誉，地位，甚而至于生命，也可以丢弃，我的爱你，总算是切而且挚了。我几次对你说，我从没有这样的爱过人，我的爱是无条件的，是可以牺牲一切的，是如猛火电光，非烧尽社会，烧尽自身不可的。内心既感到了这样热烈的爱，你试想想看外面可不可以和你同路人一样，长不相见的？因此我几次的要求你，要求你不要疑我的卑污，不要远避开我，不要于见我的时候要拉一个第三者在内。好容易你答应了我一次，前礼拜日，总算和你谈了半天。第二天一早起未，我又觉得非见你不可，所以又匆匆的跑上尚贤坊去。谁知事不凑巧，却遇到了孙夫人的骤病，和一位不相识的生客的到来，所以那一天我终于很懊恼地走了，那一夜回家，仍旧是没有睡着，早晨起来，就接到了你一封信，——在那一天早晨的前夜，我曾有一封信发出，约你在今天到先施前面来会——你的信里依旧是说，我们俩人在这一个期间内，还是少见面的好。

你的苦衷，我未始不晓得。因为你还是一个无瑕的闺女，和男子来往交游，于名誉上有绝大的损失，并且我是一个已婚之人，尤其容易使人家误会。所以你就用拒绝我见面的方法，来防止这一层。第二，你年纪还轻，将来总是要结婚的，所以你所希望于我的，就是赶快把我的身子弄得清清爽爽，可以正式的和你举行婚礼。由这两层原因看来，可以知道你所最重视的是名誉，其次是结婚，又其次才是两人中间的爱情。不消说这一次我见到了你，是很热烈地爱你的。正因为我很热烈的爱你，所以一时一刻都不愿意离开你。又因为我很热烈的爱你，所以我可以丢生命，丢家庭，丢名誉，以及一切社会上的地位和金钱。所以由我讲来，现在我能最重视的，是热烈的爱，是盲目的爱，是可以牺牲一切，朝不能待夕的爱。此外的一切，在爱的面前，都只有和尘沙一样的价值。真正的爱，是不容利害打算的念头存在于其间的。所以我觉得这一次我对你感到的，的确是很纯正，很热烈的爱情。这一种爱情的保持，是要日日见面，日日谈心，才可以使它长成，使它洁化，使它长存于天地之间。而你对我的要求，第一就是不要我和你见面。我起初还以为这是你慎重将事的美德，心里很感服你，然而以我这几天自己的心境来一推想，觉得真正的感到热烈的爱情的时候，两人的不见面，是绝对的不可能的。若两个人既感到了爱情，而还可以长久不见面的说话，那么结婚和同居的那些事情，简直可以不要。尤其是可以使我得到实证的，就是我自家的经验。

我和我女人的订婚，是完全由父母作主，在我三岁的时候定下的。后来我长大了，有了知识，觉得两人中间，终不能发生出情爱来，所以几次想离婚，几次受了家庭的责备，结果我的对抗方法，就只是长年的避居在日本，无论如何，总不愿意回国。后来因为祖母的病，我于暑假中回来了一次——那一年我已经有 25 岁了——殊不知母亲祖母及女家的长者，硬是把我捉住，要我结婚。我逃得无可再逃，避得无可再避，就只好想了一个恶毒法子出来刁难女家，就是不要行结婚礼，不要用花轿，不要种种仪式。我以为对于头脑很旧的人，这一个法子是很有效力的。哪里知道女家竟承认了我，还是要我结婚，到了七十二变变完的时候，我才走投无路，只能由他们摆布了，所以就糊里糊涂的结了婚。但我对于我的女人，终是没有热烈的爱情的，所以结婚之后，到如今将满六载，而我和她同住的时候，积起来还不上半年。因为我对我的女人，终是没有热烈的爱情的，所以长年的飘流在外，很久很久不见面，我也觉得一点儿也没有什么。从我这自己的经验推想起来，我今天才得到了一个确实的结论，就是现在你对我所感到的情爱，等于我对于我自己的女人所感到的情爱一样。由你看起来，和我长年不见，也是没有什么的。既然是如此，那么映霞，我真真对你不起了，因为我爱你的热度愈高，使你所受的困惑也愈甚，而我现在爱你的热度，已将超过沸点，那么你现在所受的痛苦，也一定是达到了极点了。

爱情本来要两人同等的感到，同样的表示，才能圆满的成立，才能有好好的结果，才能使两方感到一样的愉快，像现在我们这样的爱情，我觉得只是我一面的庸人自扰，并不是真正合乎爱情的原则的。所以这一次因为我起了这盲目的热情之后，我自己倒还是自作自受，吃苦是应该的，目下且将连累及你也吃起苦来了。我若是有良心的人，我若不是一个利己者，那么第一我现在就要先解除你的痛苦。你的爱我，并不是真正的由你本心而发的，不过是我的热情的反响。我这里燃烧得愈烈，你那里也痛苦得愈深，因为你一边本不在爱我，一边又不得不聊尽你的对人的礼节，勉强的与我来酬应。我觉得这样的过去，我的苦楚倒还有限，你的苦楚，未免太大了。今天想了一个下午，晚上又想了半夜，我才达到了这一个结论。由这一个结论再演想开来，我又发现了几个原因。第一我们的年龄相差太远，相互的情感是当然不能发生的。第二我自己的丰采不扬——这是我平生最大的恨事——不能引起你内部的燃烧。第三我的羽翼不丰，没有千万的家财，没有盖世的声誉，所以不能使你五体投地的受我的催眠暗示。

说到了这里，我怕你要骂我，骂我在说俏皮话讥讽你，或者你至少也要说我在无理取闹，无理生气，气你不肯和我相见，但是映霞，我很诚恳的对你说，这一种浅薄的心思，我是丝毫没有的。我从前虽则因为你不愿和我见面而曾经发过气，但到了现在——已经想前思后的想破了的现在，我是丝毫也没有怨你的心思，丝毫也没有讽骂你的心思了。我非但没有怨你讥消你的心思，就是现在我也还在爱你。正因为爱你的原因，所以我想解除你现在的苦痛——心不由主，不得不勉强酬应的苦痛。我非但衷心还在爱你，我并且也非常的在感激你。因为我这一次见了你，才经验到了情爱的本质，才晓得很热烈的想爱人的时候的心境是如何的紧张的。我此后想遵守你所望于我的话，我此后想永远地将你留置在我的心灵上膜拜。我这一回只觉得对你不起，因为我一个人的热爱而致累及了你，累你也受了一个多月的苦。我对于自己所犯的这一点罪恶，认识得很清，所以今后我对于你的报答，也仍旧是和从前一样，你要我怎么样，我就可以怎么样。

映霞，这一回我真觉得对你不起，我真累及了你了。映霞，你这一回也算是受了一回骗，把我之致累于你的事情，想得轻一点，想得开一点吧！

我还希望你不要因此而断绝了我们的友谊，不要因此而咒骂一班具有爱人的资格的男人。

这一回的事情，完全是我不好，完全是我一个人自不量力的瞎闯的结果。我这一封信，可以证明你的洁白，证明你的高尚，你不过是一个被难者，一个被疯犬咬了的人，你对我本来并没有什么好恶之感，并没有什么男女的私情的。万一你要证明你的洁白，证明你的高尚，你将这一封信发表的必要时候，我也没有什么反对的抗议。不过若没有这一种必要的事情发生的时候，我还是希望你保存着，保存到我的死后再发表。

最后我还要重说一句，你所希望我的，规劝我的话，我以后一定牢牢的记着。假使我将来若有一点成就的时候，那么我的这一点成就的荣耀，愿意全部归赠给你。

映霞，映霞，我写完了这一封信，眼泪就忍不住的往下掉了。

1927 年 3 日 4 日

一切琐碎皆因爱

萧　红

（一）

君先生：

海上的颜色已经变成黑蓝了，我站在船尾，我望着海，我想，这若是我一个人怎敢渡过这样的大海！

这是黄昏以后我才给你写信，舱底的空气并不好，所以船开没有多久我时时就好象要呕吐，虽然吃了多量的胃粉。

现在船停在长崎了，我打算下去玩玩。昨天的信并没写完就停下了。

到东京再写信吧！祝好！

莹　七月十八日

（二）

均：

你的身体这几天怎么样？吃得舒服吗？睡得也好？当我搬房子的时候，我想：你没有来，假若你也来，你一定看到这样的席子就要先在上面打一个滚，是很好的，像住在画的房子里面似的。

你来信寄到许的地方就好，因为她的房东熟一些。

海滨，许不去，以后再看，或者我自己去。

一张桌子（和）一个椅子都是借的，屋子里面也很规整，只是感到寂寞了一点，总有点好象少了一点什么！住下几天就好了。

外面我听到蝉叫，听到踏踏的奇怪的鞋声，不想写了！

也许她们快来叫我出去吃饭的时候了!

你的药不要忘记吃，饭少吃些，可以到游泳池去游泳两次，假若身体太弱，到海上去游泳更不能够了。祝好!

别的朋友也都祝好!

莹　七月二十一日

(三)

均:

现在我很难过，很想哭。想要写信钢笔里面的墨水没有了，可是怎样也装不进来，抽进来的墨水一压又随着压出来了。

华起来就到图书馆去了，我本来也可以去，我留在家里想写一点什么，但哪里写得下去，因为我听不到你那登登上楼的声音了。

这里的天气也算很热，并且讲一句话的人也没有，看的书也没有，报也没有，心情非常坏，想到街上去走走，路又不认识，话也不会讲。

昨天到神保町的书铺去了一次，但那书铺好象与我一点关系也没有，这里太生疏了，满街响着木屐的声音，我一点也听不惯这声音。这样一天一天的我不晓得怎样过下去，真是好象充军西伯利亚一样。

比我们起初来到上海的时候更感到无聊，也许慢慢的就好了，但这要一个长的时间，怕是我忍耐不了。不知道你现在准备要走了没有？我已经来了五六天了，不知为什么你还没有信来？

珂已经在十六号起身回去了。

不写了，我要出去吃饭，或者乱走走。

吟上　七月廿十时半

（四）

均：

接到你四号写的信现在也过好几天了，这信看过后，我倒很放心，因为你快乐，并且样子也健康。

稿子我已经发出去三篇，一篇小说，两篇不成形的短文。现在又要来一篇短文，这些完了之后，就不来这零碎，要来长的了。

现在十四号，你一定也开始工作了几天了吧？

鸡子你尊命了，我很高兴。

你以为我在混光阴吗？一年已经混过一个月。

我也不用羡慕你，明年阿拉自己也到青岛去享清福。我把你遣到日本岛上来——

莹　八月十四日

（五）

均：

今天我才是第一次自己出去走个远路，其实我看也不过三五里，但也算了，去的是神保町，那地方的书局很多，也很热闹，但自己走起来也总觉得没什么趣味，想买点什么，也没有买，又沿路走回来了。觉得很生疏，街路和风景都不同，但有黑色的河，那和徐家汇一样，上面是有破船的，船上也有女人，孩子。也是穿着破皮衣裳。并且那黑水的气味也一样。像这样的河巴黎也会有！

你的小伤风既然伤了许多日子也应该管他，吃点阿司匹林吧！一吃就好。

现在我庄严的告诉你一件事情，在你看到之后一定要在回信上写明！就是第一件你要买个软枕头，看过我的信就去买！硬枕头使脑神经很坏。你若不买，来信也告诉我一声，我在这边买两个给你寄去，不贵，并且很软。第二件你要买一张当作被子来用的有毛的那种单子，就像我带来那样的，不过更该厚点。你若懒得买，来信也告诉我，也为你寄去。还有，不要忘了夜里不要（吃）东西。没有了。以上这就是所有的这封信上的重要事情。

照像机现在你也有用了，再寄一些照片来。我在这里多少有点苦寂，不过也没什么，多写些东西也就添补起来了。

旧地重游是很有趣的，并且有那样可爱的海！你现在一定洗海澡去了好几次了？但怕你没有脱衣裳的房子。

你再来信说你这样好那样好，我可说不定也去，我的稿费也可以够了。你怕不怕？我是和（你）开玩笑，也许是假玩笑。

你随手有什么我没看过的书也寄一本两本来！实在没有书读，越寂寞就越想读书，一天到晚不说话，再加上一天到晚也不看一个字我觉得很残忍，又像我从（前）在旅馆一个人住着的那个样子。但有钱，有钱除掉吃饭也买不到别的趣味。

祝好。

萧上　八月十七日

（六）

军：

现在正和你所说的相反，烟也不吃了，房间也整整齐齐的。但今天却又吃上了半支烟，天又下雨，你又总也不来信，又加上华要回去了！又加上近几天整天发烧，也怕是肺病的（样）子，但自己晓得，决不是肺病。可是又为什么发烧呢？烧得骨节都酸了！本来刚到这里不久夜里就开（始）不舒服，口干、胃涨……近来才晓是又（有）热度的关系，明天也许跟华到她的朋友地方去，因为那个朋友是个女医学生，让她带我到医生的地方去检查一下，很便宜，两元钱即可。不然华几天走了，我自己去看医生是不行的，连华也不行，医学上的话她也不会说，大概你还不知道，黄的父亲病重，经济不够了，所以她必得回去。大概二十七号起身。

她走了之后，他妈的，再就没有熟人了，虽然和她同住的那位女士倒很好，但她的父亲来了，父女都生病，住到很远的朋友家去了。

假若精神和身体稍微好一点，我总就要工作的，因为除了工作再没有别的事情可作的。可是今天是坏之极，好像中暑似的，疲乏，头痛和不能支持。

不写了，心脏过量的跳，全身的血液在冲击着。

祝好！

吟　八月廿二日夜雨时

你还是买一部唐诗给我寄来。

（七）

均：

我和房东的孩子很熟了，那孩子很可爱，黑的，好看的大眼睛，只有五岁的样子，但能教我单字了。

这里的蚊子非常大，几乎是我从来没有见过。

那回在游泳池里，我手上受的那块小伤，到现在还没有好。肿一小块，一触即痛。现在我每日二食，早食一毛钱，晚食两毛或一毛五，中午吃面包或饼干。或者以后我还要吃的好点，不过，我一个人连吃也不想吃，玩也不想玩，花钱也不愿花。你看，这里的任何公园我还没有去过一个，银座大概是漂亮的地方，我也没有去过，等着吧，将来日语学好了再到处去走走。

你说我快乐的玩吧！但那只有你，我就不行了，我只有工作、睡觉、吃饭，这样是好的，我希望我的工作多一点。但也觉得不好，这并不是正常的生活，有点类似放逐，有点类似隐居。你说不是吗？若把我这种生活换给别人，那不是天国了吗？其实在我也和天国差不多了。

你近来怎么样呢？信很少，海水还是那样蓝么？透明吗？

浪大吗？劳山也倒真好？问得太多了。

可是，六号的信，我接到即回你，怎么你还没有接到？这文章没有写出，信倒写了这许多。但你，除掉你刚到青岛的一封信，后来十六号的（一）封，再就没有了，今天已经是二十六日。我来在这里一个月零六天了。

现在放下，明天想起什么来再写。

今天同时接到你从劳山回来的两封信，想不到那小照像机还照得这样好！真清楚极了，什么全看得清，就等于我也逛了劳山一样。

说真话，逛劳山没有我同去，你想不到吗？

那大张的单人像，我倒不敢佩服，你看那大眼睛，大得我从来都没有看见过。

两片红叶子（已）经干干的了，我记得我初认识你的时候，你也是弄了两张叶子给我，但记不得那是什么叶子了。

孟有信来，并有两本《作家》来。他这样好改字换句的，也真是个毛病。

“瓶子很大，是朱色，调配起来，也很新鲜，只是……”

这“只是”是什么意思呢？我不懂。

花皮球走气，这真是很可笑，你一定又是把它压坏的。

还有可笑的，怎么你也变了主意呢？你是根据什么呢？

那么说，我把写作放在第一位始终是对的。

我也没有胖也没有瘦，在洗澡的地方天天过磅。

对了，今天整整是二十七号，一个月零七天了。

西瓜不好那样多吃，一气吃完是不好的，放下一会再吃。

你说我滚回去，你想我了吗？我可不想你呢，我要在日本住十年。

我没有给淑奇去信，因为我把她的地址忘了，商铺街十号还是十五号？还是内十五号呢？正想问你，下一信里告诉我吧！

那么周走了之后，我再给你信，就不要写周转了？

我本打算在二十五号之前再有一个短篇产生，但是没能够，现在要开始一个三万字的短篇了。给《作家》十月号。完了就是童话了。我这样童话来，童话去的，将来写不出，可应该觉得不好意思了。

东亚还不开学，只会说几个单字，成句的话，不会。房东还不错，总算比中国房东好。

你等着吧！说不定那一个月，或那一天，我可真要滚回去的。到那时候，我就说你让我回来的。

不写了。

吟　八月廿七晚七时

祝好。

你的信封上带一个小花我可很喜欢，起初我是用手去掀的。

东京　町区富士见町，二丁目九一五中村方

（八）

均：

不得了了！已经打破了记录，今已超出了十页稿纸。我感到了大欢喜。但，正在我（写）这信，外边是大风雨，电灯已经忽明忽暗了几次。我来了一个奇怪的幻想，是不是会地震呢？三万字已经有了二十六页了。不会震掉吧！这真是幼稚的思想。但，说真话，心上总有点不平静，也许是因为“你”不在旁边？

电灯又灭了一次。外面的雷声好象劈裂着什么似的！……

我立刻想起了一个新的题材。

从前我对着这雷声，并没有什么感觉，现在不然了，它们都会随时波动着我的灵魂。

灵魂太细微的人同时也一定渺小，所以我并不崇敬我自己。我崇敬粗大的、宽宏的！……

我的表已经十点一刻了，不知你那里是不是也有大风雨？

电灯又灭了一次。

只得问一声晚安放下笔了。

吟　卅一日夜。八月

（九）

均：

你总是用那样使我有点感动的称呼叫着我。

但我不是迟疑，我不回去的，既然来了，并且来的时候是打算住到一年，现在还是照着作，学校开学，我就要上学的。

但身体不大好，将来或者治一治。那天的肚痛，到现在还不大好。你是很健康的了，多么黑！好像个体育棒子。不然也像一匹小马！你健壮我是第一高兴的。

黎的刊物怎么样？没有人告诉我。

黄来信说《十年》一册也要写稿，说你答应了吗？但那东西是个什么呢？

上海那三个孩子怎么样？

你没有请王关石吃一顿饭？

我想起王关石，我就想起你打他的那块石头！袁泰见过？

还有那个张？

唐诗我是要看的，快请寄来！精神上的粮食太缺乏！所以也会有病！

不多写了！明年见吧！

莹　九月六

（十）

三郎：

我也给你画张图看看，但这是全屋的半面。我的全屋就是六张席子。你的那图，别的我倒没有什么，只是那两个小西瓜，非常可爱，你怎么也把它们两个画上了呢？假如有我，我就不是把它吃掉了吗？

尽胡说，修炼什么？没有什么好修炼的。一年之后，才可看书。

今天早晨，发了一信，但不到下午就有书来，也有信来。

唐诗，读两首也倒觉不出什么好，别的夜来读。

如若在日本住上一年，我想一定没什么长进，死水似的过一年。我也许过不到一年或几个月就不在这里了。

日文我是不大喜欢学，想学俄文，但日语是要学的。

以上是昨天写的。

今天我去交了学费，买了书，十四号上课，十二点四十分起，四个钟头止，多是相当多，课本就有五六本。全是中国人，那个学校就是给中国人预备的。可不知珂来了没有？

三个月连书在一起二十一二块钱，本来五号就开课了，但我是错过了的。

现在我打算给奇她们写信，所以不多写了。

祝好。

吟　九月十日

（十一）

均：

昨天和今天都是下雨，我上课回来是遇着毛毛雨，所以淋得不很湿。现在我有雨鞋了，但，是男人的样子，所以走在街上有许多人笑，这个地方就是如此守旧的地方，假若衣裳你不和她们穿得同样，谁都要笑你，日本女人穿西装，罗里罗嗦，但你也必得和她一样罗嗦，假若整齐一些，或是她们没有见过的，人们就要笑。

上课的时间真是够多的，整个下半天就为着日语消费了去。今天上到第三堂的时候，我的胃就很痛，勉强支持过来了。

这几天很凉了，我买了一件小毛衣（二元五），将来再冷，我就把大毛衣穿上。我想我的衣裳一定可以支持到下月半。

我很爱夜，这里的夜，非常沉静，每夜我要醒几次的，每醒来总是立刻又昏昏的睡去，特别安静，又特别舒适。早晨也是好的，阳光还没晒到我的窗上，我就起来了，想想什么，或是吃点什么。这三两天之内，我的心又安然下来了。什么人什么命，吓了一下，不在乎。

孟有信来，说我回去吧！在这住有什么意思呢？

现在我一个人搭了几次高架电车，很快，并且还钻洞，我觉得很好玩，不是说好玩，而说有意思。因为你说过，女人这个也好玩那个也好玩。上回把我丢了，因为不到站我就下来了，走出了车站看看不对，那么往哪里走呢？我自已也不知道，瞎走吧，反正我记住了我的住址。可笑的是华在的时候，告诉我空中飞着的大气球是什么商店的广告，那商店就离学校不远，我一看到那大球，就奔着去了。于是总算没有丢。

虹没有信来，你告诉他也不要来信了，别人也告诉不要来信了。

这是你在青岛我给你的末一封信。再写信就是上海了。船上买一点水果带着，但不要吃鸡子，那东西不消化。饼干是可以带的。

祝好。

小鹅　九月二十一日

（十二）

均：

我这里很平安，决（绝）对不回去了。胃病已好了大半，头痛的次数也减少。至于意外我想是不会有的了。因为我的生活非常简单，每天的出入是有次数的，大概被“跟”了些日子，后来也就不跟了。本来在未来这里之前也就想到了这层，现在依然是照着初来的意思，住到明年。

现在我的钱用到不够二十元了，觉得没有浪费，但用的也不算少数。希望月底把钱寄来，在国外没有归国的路费在手里是觉得没有把握的，而且没有熟人。

今天少上了一课，一进门就在席子上面躺着一封信，起初我以为是珂来的，因为你的字真是有点像珂。此句我懂了。（但你的文法，我是不大明白的“同来的有之明，奇现在天津，暂时不来。”我照原句抄下的。你看看吧。）（以上括弧内句子写上又抹掉了，再上面加上一句“此句我懂了”。大概起始没有看懂，后来又懂了，所以抹了。——萧军注）

六元钱买了一套洋装（据〈裙〉与上衣）毛线的。还买了草褥，五元。我的房间收拾得非常整齐，好象等待着客人的到来一样。草褥折起来当作沙发，还有一个小圆桌，桌上还站着一瓶红色的酒。酒瓶下面站着一对金酒杯。大概在一个地方住得久了一点，也总是开心些的，因为我感觉到我的心情好象开始要管到一些在我身外的装点，虽然房间里边挂起一张小画片来，不算什么，是平常的，但，那须要多么大的热情来做这一点小事呢？非亲身感到的是不知道。我刚来的时候，就是前半个月吧，我也没有这样的要求。

日语教得非常多，大概要通通记得住非整天的工夫不可，我是不肯，而且我的时（间）也不够用。总是好坐下来想想。

报上说是 L 来这里了……？

我去洗澡去，不写了。

明。我在这里和你握手了。

吟　十月廿日

（十三）

均：

因为夜里发烧，一个月来，就是嘴唇，这一块那一块的破着，精神也烦躁得很，所以一直把工作停了下来。想了些无用的和辽远的想头。文章一时寄不去。

买了三张画，东墙上一张北墙上一张，一张是一男一女在长廊上相会，廊口处站着一个弹琴的女人。还有一张是关于战争的，在一个破屋子里把花瓶打碎了，因为喝了酒，军人穿着绿裤子就跳舞，我最喜欢的是第三张，一个小孩睡在檐下了，在椅子上，靠着软枕。旁边来了的大概是她的母亲，在栅栏外肩着大镰刀的大概是她的父亲。那檐下方块石头的廊道，那远处微红的晚天，那茅草的屋檐，檐下开着的格窗，那孩子双双的垂着的两条小腿。真是好，不瞒你说，因为看到了那女孩好象看到了自己似的，我小的时候就是那样，所以我很爱她。投主称王，这是要费一些心思的，但也不必太费，反正自己最重要的是工作——为大体着想，也是工作。聚合能工作一方面的，有个团体，力量可能充足，我想主要的特色是在人上，自己来罢，投什么主，谁配作主？去他妈的。

说到这里，不能不伤心，我们的老将去了还不几天啊！

关于周先生的全集，能不能很快的集起来呢？我想中国人集中国人的文章总比日本集他的方便，这里，在十一月里他的全集就要出版，这真可配（佩）服。我想找胡、聂、黄等诸人，立刻就商量起来。

商市街被人家喜欢，也很感谢。

莉有信来，孩子死了，那孩子的命不大好，活着尽生病。

这里没有书看，有时候自己很生气。看看《水浒》吧！看着看着就睡着了，夜半里的头痛和恶梦对于我是非常坏。前夜就是那样醒来的，而不敢再睡了。

我的那瓶红色酒，到现在还是多半瓶，前天我偶然借了房东的锅子烧了点菜，就在火盆上烧的（对了，我还没告诉你，我已经买了火盆，前天是星期日，我来试试）。小桌子，摆好了，但吃起来不是滋味，于是反受了感触，我虽不是什么多情的人，但也有些感触，于是把房东的孩子唤来，对面吃了。

地震，真是骇人，小的没有什么，上次震得可不小，两三分钟，房子格格地响着，表在墙上摇着。天还未明，我开了灯，也被震灭了，我梦里梦中（懵）的穿着短衣裳跑下楼去，房东也起来了，他们好象要逃的样子，隔壁的老太婆叫唤着我，开着门，人却没有应声，等她看到我是在楼下，大家大笑了一场。

纸烟向来不抽了，可是近几天忽然又挂在嘴上。

胃很好，很能吃，就好象我们在顶穷的时候那样，就连块面包皮也是喜欢的，点心之类，不敢买，买了就放不下。也许因为日本饭没有油水的关系，早饭一毛钱，晚饭两毛钱，中午两片面包一瓶牛奶。越能它，我越节制着它，我想胃病好了也就是这原因。但是闲饥难忍，这是不错的。但就把自已布置到这里了，精神上的不能忍也忍了下去，何况这一个饥呢？

又收到了五十元的汇票，不少了。你的费用也不小，再有钱就留下你用吧，明年一月末，照预算是够了的。

前些日子，总梦想着今冬要去滑冰，这里的别的东西都贵，只有滑冰鞋又好又便宜，旧货店门口，挂着的崭新的，简直看不出是旧货，鞋和刀子都好，十一元。还有八九元的也好。但滑冰场一点钟的门票五角。还离得很远，车钱不算，我合计一下，这干不得。我又打算随时买一点旧画，中国是没处买的，一方面留着带回国去，一方面围着火炉看一看，消消寂寞。

均：你是还没过过这样的生活，和蛹一样，自己被卷在茧里去了。希望顾（固）然有，目的也顾（固）然有，但是都那么远和那么大。人尽靠着远的和大的来生活是不行的，虽然生活是为着将来而不是为着现在。

窗上洒满着白月的当儿，我愿意关了灯，坐下来沉默一些时候，就在这沉默中，忽然像有警钟似的来到我的心上：“这不就是我的黄金时代吗？此刻。”于是我摸着桌布，回身摸着藤椅的边沿，而后把手举到面前，模模糊糊的，但确认定这是自己的手，而后再看到那单细的窗棂上去。是的，自己就在日本。自由和舒适，平静和安闲，经济一点也不压迫，这真是黄金时代，是在笼子过的。从此我又想到了别的，什么事来到我这里就不对了，也不是时候了。对于自己的平安，显然是有些不惯，所以又爱这平安，又怕这平安。

均：上面又写了一些怕又引起你误解的一些话，因为一向你看得我很弱。

前天我还给奇一信。这信就给她看吧！

许君处，替我问候。

吟　十一月十九日

人间重晚晴

沉　樱

宗岱：

影印品即可寄出，前两天思清找出你交她的资料去影印，使我又看见那些发了黄的几十年前的旧物，时光的留痕那么鲜明，真使人悚然一惊。

现在盛年早已过去，实在不应再继以老年的顽固，前些时候信中还争谈什么吉人天相，想想也太好笑了。

最近重读契柯夫一篇小说《晚年》，和赫曼赫塞的散文《老年》，不胜感慨，而我最近又将离美归去，觉得应趁这可以通信的机会再给你写写信。在这老友无多的晚年，我们总可称为故人的。我常对孩子们说，在夫妻关系上，我们是“怨藕”，而在文学方面，你却是影响我最深的老师。至今在读和写两方面的趣味还是不脱你当年的藩篱（重读《直觉与表现》更有此感）。自然你现在也许更进一步，大不相同了。

我们之间有很多事是颠倒有趣的，就像你雄姿英发的年代在巴黎，而我却在这般年纪到美国，作一个大观园里的刘姥姥。不过，人间重晚晴，看你来信所说制药的成功，和施药的乐趣，再想想自己这几年译书印书的收获。我们都可说晚景不错了。你最可羡的是晚年归故乡，我现在要回去的地方，只有自建的三间小屋而已。

我在六十岁生日时用孩子们给我过生日请客剩下的钱，自费印了一本褚威格的小说集（以前曾由书店出版三本），想不到竟破记录的畅销，现在已卅版（十万册）。这几年内前后共出版了十本书，你的《一切的峰顶》也印了。最近在这里，借书看书都方便，又译了不少，打算整理一下再出一本。这虽然没有你施药济世活人那么快乐，但能把自己的欣赏趣味散布给人而又为人乐受，也觉生活不再空虚。

记得你曾把浮士德译出，不知能否寄我给你出版？如另外有译作，也希望能寄来看看。最近在旧书店买到一厚册英译蒙田论文全集。实在喜欢，但不敢译，你以前的译文，可否寄来？我的几本译书真想请你过过目，但不知能寄不能寄，望来信见告。

我大概一月动身离美。思明仍欠佳。思薇姊妹都好，忙着挣、花钱。

沉樱

十二月七日

你是我生命的依托

高君宇

致评梅：

你中秋前一日的信，我于上船前一日接到。此信你说可以做我惟一知己的朋友。前于此的一信又说我们可以作以事业度过这一生的同志。你只会答复人家不需要的答复，你只会与人家订不需要的约束。

你明白的告诉我之后，我并不感到这消息的突兀，我只觉得心中万分凄怆！我一边难过的是：世上只有吮血的人们是反对我们的，何以我唯一敬爱的人也不能同情于我们？我一边又替我自己难过，我已将一个心整个交给伊，何以事业上又不能使伊顺意？我是有两个世界的：一个世界一切都是属于你的，我是连灵魂都永禁的俘虏；在另一个世界里，我是不属于你，更不属于我自己，我只是历史使命的走卒。假使我要为自己打算，我可以去做禄蠹了，你不是也不希望我这样做吗？你不满意于我的事业，但却万分恳切的劝勉我努力此种事业；让我再不忆起你让步于吮血世界的结论，只悠悠的钦佩你牺牲自己而鼓舞别人的义侠精神！

我何尝不知道：我是南北飘零，生活在风波之中，我何忍使你同入此不安之状态。所以我决定：你的所愿，我将赴汤蹈火以求之，你的所不愿，我将赴汤蹈火以阻之。不能这样，我怎能说是爱你！从此我决心为我的事业奋斗，就这样飘零孤独度此一生，人生数十寒暑，死期忽忽即至，奚必坚执情感以为是。你不要以为对不起我，更不要为我伤心。

这些你都不要奇怪，我们是希望海上没有浪的，它应平静如镜；可是我们又怎能使海上无浪？从此我已是傀儡生命了，为了你死，亦可以为了你生，你不能为了这样可傲慢一切的情形而愉快吗？我希望你从此愉快，但凡你能愉快，这世上是没有什么可使我悲哀了！

写到这里，我望望海水，海水是那样平静。好吧，我们互相遵守这些，去建筑一个富丽辉煌的生命，不管他生也好？死也好。

我虽无力使海上无浪，但是经你正式决定了我们命运之后，我很相信这波澜山立狂风统治了的心海，总有一天风平浪静，不管这是在千百年后，或者就是这握笔的即刻。我们只有等候平静来临，死寂来临，假如这是我们所希望的。容易丢去了的，便是兢兢恋守着的；愿我们的友谊也如双手一样，可以紧紧握着的，也可以轻轻放开。宇宙作如斯观，我们便毫无痛苦，且可与宇宙同在。

双十节商团袭击，我手曾受微伤。不知是幸呢还是不幸，流弹洞穿了汽车的玻璃，而我能坐在车里不死！这里我还图着几块碎玻璃，见你时赠你做个纪念。昨天我忽然很早起来跑到店里购了两个象牙戒指；一个大点的我自已带在手上，一个小的我寄给你，愿你承受了它。或许你不忍吧！再令它如红叶一样的命运。愿我们用‘白’来纪念这枯骨般死静的生命。

1924 年 9 月 22 日

致胡也频的情书

丁玲

爱人：

先说这时候，是十一点半，夜里。

大的雷电已响了四十分钟，是你走后的第二次了。雨的声音也庞杂，然而却只更显出了夜的死寂。一切的声音都消去了，唯有那无止的狂吼的雷雨和着怕人的闪电在人间来示威。我是不能睡去的，但也并不怎样便因这而更感到寂寞和难过，这是因为在吃晚饭前曾接到一封甜蜜的信，是从青岛寄来的。大约你总可猜到这是谁才有这荣幸吧。

不能睡！一半为的是雷电太大了，即便睡下去，也不会睡着，或更会无聊起来，一半也是为的人有点兴奋，愿意来同我爱说点话。在这样静寂的雨夜里，和着紧张的雷雨的合奏，来细细的像我爱就在眼前一样的说一点话，不是更有趣味吗？（这趣味当然还是我爱所说的："趣味的孤独"。）

电灯也灭了，纵使再能燃，我也不能开，于是我又想了一个老法子，用猪油和水点了一盏小灯，这使我想起五年前在通丰公寓的一夜来。灯光微小的很，仅仅只能照在纸上，又时时为水爆炸起来，你可以从这纸上看出许多小油点。我是很艰难的写着这封信，自然也是有趣味的。

再说我的心情吧，我是多么感激你的爱。你从一种极颓废，消极，无聊赖的生活中救了我。你只要几个字便能将我的已灭的意志唤醒来，你的一句话便给我无量的勇气和寂寞的生活去奋斗了。爱！我要努力，我有力量努力，不是为了钱，不是为了名，即使约微补偿我们分离的苦绪也不是，是为了使我爱的希望不要失去，是为的我爱的欢乐啊！过去的，糟蹋了我的成绩太惭愧，然而从明天起我必须遵照我爱的意思去生活。而且我是希望爱要天天来信勉励我，因为我是靠着这而生存的。

你刚走后，我是还可以镇静，也许是一种兴奋吧，不知为什么，从前天下午起，就是从看电影戏起便一切全变了。××邀我去吃饭，我死也不肯，××房里也不去，一人蹬在家里只想哭。昨天一清早，楼下听差敲房门（因为××也没有用娘姨）说有快信，我糊里糊涂地爬起来，满以为是你来的信，高兴的了不得，谁知预备去看时，才知道是×××来的，虽然他为我寄了十一元钱来，我是一点也不快乐的，而且反更添了许多懊恼了。下午一人在家（××两人看电影去了)，天气又冷，烧了一些报纸和《红黑》、《华严》，人是无聊得很，几次想给你写信，但是不敢写，因为我不敢告诉你我的快死的情形，几次这样想，不进福民也算了，不写文章也算了，借点钱跑到济南去吧。总之我还是不写，我想过了几天再写给你，说是忙得很便算了。一直到晚上才坐到桌边，想写一首诗，用心想了好久，总不会，只写了四句散文，自己觉得太不好，且觉得无希望，所以又只好搁笔。现抄在下面你看看，以为如何(自然不会好)：

没有一个譬喻，
没有一句恰当的成语；
即便是伟大的诗人啊，
也体会不到一个在思念着爱人的心情。

唉！频！你真不晓得一个人在自己烧好饭又去吃饭的心情，我是屡次都为了这而忍不住大哭起来的。

楼下听差我给了他一块钱，因为我常常要他开门和送信。因此自己觉得更可怜了，便也曾哭过的。

今天一起身看见天气好，老早爬起来，想振作，吃了一碗现饭，便拿了《壁下译从》到公园去了。谁知太阳靠不住，时隐时现，而风却很大，我望着那蠢然大块压着的灰色的重云，我想假使我能在天上，也不会快乐的了。我不久便又踽踽的走回来了。下午××两人又去看电影，邀我去，我不愿，我是宁可一个人在家思念我的爱而不愿陪人去玩，说得老实点，说是想依着别人去混过无聊的时日，在丁玲是不干的。可是天气还是冷，你知道，一冷我是无办法，所以在黄昏我便买了半块钱的炭回来了。现在还是很暖和的一边烤着火，一边为你写信，若是没有一点火，我是不坐下来的。

现在呢，人很快乐。有你一切都好，有你爱我，我真幸福，我会写文章的。而且我决定安心等到暑假再和你相聚，照我们的计划做去，而且也决心，也宣誓以后再不离开了。

雷电已过去，只下着小雨，夜是更深了。灯也亮了，人也倦了，明天再谈吧，祝我的爱好好的睡！我真的是多么甜蜜而又微笑的吻了你的来信好几十下呢！

一点差十分

你爱的曼伽

一支易折的萑苇

沈从文

三三：

……近日来看到过一篇文章，说到似乎下面的话：“每人都有一种奴隶的德性，故世界上才有首领这东西出现，给人尊敬。因这奴隶的德性，为每一人不可少的东西，所以不崇拜首领的人，也总得选择一种机会低头到另一种事上去。”三三，我在你面前，这德性也显然存在的。为了尊敬你，使我看轻了我自己一切事业。我先是不知道我为什么这样无用，所以还只想自己应当有用一点。到后看到那篇文章，才明白，这奴隶的德性，原来是先天的。我们若都相信崇拜首领是一种人类自然行为，便不会再觉得崇拜女子有什么稀奇难懂了。

你注意一下，不要让我这个话又伤害到你的心情，因为我不是在窘你做什么你所做不到的事情，我只在告诉你，一个爱你的人，如何不能忘你的理由。我希望说到这些时，我们都能够快乐一点，如同一本书一样，仿佛与当前的你我都没有多少关系，却同时是一本很好的书。

我还要说，你那个奴隶，为了他自己，为了别人起见，也努力想脱离羁绊过。当然这事作不到，因为不是一件容易事情。为了使你感到窘迫，使你觉得负疚，我以为很不好。我曾做过可笑的努力，极力去同另外一些人要好，到别人崇拜我愿意做我的奴隶时，我才明白，我不是一个首领，用不着别的女人用奴隶的心来服侍我，却愿意自己作奴隶，献上自己的心，给我所爱的人。我说我很顽固的爱你，这种话到现在还不能用别的话来代替，就因为这是我的奴性。

三三，我求你，以后许可我作我要作的事，凡是我要向你说什么时，你都能当我是一个比较愚蠢还并不讨厌的人，让我有一种机会，说出一些有奴性的卑屈的话，这点点是你容易办到的。你莫想，每一次我说到“我爱你”时你就觉得受窘，你也不说“我偏不爱你”，作为抗拒别人对你的倾心。你那打算是小孩子的打算，到事实上却毫无用处的……

三三，你是我的月亮。你能听一个并不十分聪明的人，用各样声音，各样言语，向你说出各样的感想，而这感想却因为你的存在，如一个光明，照耀到我的生活里而起的，你不觉得这也是生存里一件有趣味的事吗？……

一个白日带走了一点春春，日子虽不能毁坏我印象里你所给我的光明，却慢慢的使我不同了。“一个女子在诗人的诗中，永远不会老去，但诗人，他自己却老去了。”我想到这些，我十分忧郁了。生命都是太脆薄的一种东西，并不比一株花更经得住年月风雨，用对自然倾心的眼，反观人生，使我不能不觉得热情的可珍，而看重人与人凑巧的藤葛。在同一人事上，第二次的凑巧是不会有的。……我也安慰自己过，我说：“我行过许多地方的桥，看过许多次数的云，喝过许多种类的酒，却只爱过一个正当最好年龄的人。我应当为自己庆幸，……”

三三，我希望这个信不是窘你的信。我把你当成我的神，敬重你，同时也要在一些方便上，诉说到即或是真神也很糊涂的心情，你高兴，你注意听一下，不高兴，不要那么注意吧。天下原有许多稀奇事情，……都缺少能力解释到它，也不能用任何方法说明，譬如想到所爱的一个人的时候，血就流走得快了许多，全身就发热作寒，听到旁人提到这人的名字，就似乎又十分害怕，又十分快乐。究竟为什么原因，任何书上提到的都说不清楚，然而任何书上也总时常提到。“爱”解作一种病的名称，是一个法国心理学者的发明，那病的现象，大致就是上述所及的。

你是还没有害过这种病的人，所以你不知道它如何厉害。有些人永远不害这种病，正如有些人永远不患麻疹伤寒，所以还不大相信伤寒病使人发狂的事情。三三，你能不害这种病，同时不理解别人这种病，也真是一种幸福。因为这病是与童心成为仇敌的，我愿意你是一个小孩子，真不必明白这些事。不过你却可以明白另一个爱你而害着这难受的病的痛苦的人，在任何情形下，却总想不到是要窘你的。我现在，并且也没有什么痛苦了，我很安静，我似乎为爱你而活着的，故只想怎么样好好的来生活。假使当真时间一晃就是十年，你那时或者还是眼前一样，或者已做了某某大学的一个教授，或者自己不再是小孩子，例已成了许多小孩子的母亲，我们见到时，那真是有意思的事。任何一个作品上，以及任何一个世界名作作者的传记上，最动人的一章，总是那人与人纠纷藤葛的一章。许多诗是专为这点热情的指使而写出的，许多动人的诗，所写的就是这些事，我们能欣赏那些东西，为那些东西而感动，却照例轻视到自己，以及别人因受自己影响而发生传奇的行为，这个事好像不大公平。因为这个理由，天将不许你长是小孩子。“自然”使苹果由青而黄，也一定使你在适当的时间里，转成一个“大人”。三三，到你觉得你已经不是小孩子，愿意作大人时，我倒极希望知道你那时在什么地方做些什么事，有些什么感想。“萑苇”是易折的，“磐石”是难动的，我的生命等于“萑苇”，爱你的心希望它能如“磐石”。

望到北平高空明蓝的天，使人只想下跪，你给我的影响恰如这天空，距离得那么远，我日里望着，晚上做梦，总梦到生着翅膀，向上飞举。向上飞去，便看到许多星子，都成为你的眼睛了。

三三，莫生我的气，许我在梦里，用嘴吻你的脚，我的自卑处，是觉得如一个奴隶蹲到地下用嘴接近你的脚，也近于十分亵读了你的。

我念到我自己所写到“崔苇是易折的，磐石是难动的”时候，我很悲哀。易折的萑苇，一生中，每当一次风吹过时，皆低下头去，然而风过后，便又重新立起了。只有你使它永远折伏，永远不再作立起的希望。

1931 年 6 月

恋恋情话

以后，不是一个人寂寞的走路，而是两个人共同去探索行程。不管是欢乐，还是悲愁，两人一同负担；不管是海浪险波，不管是风吹雨打，都要一同接受人间的苦难，更远享受人间的和谐的幸福生活！

别　蕙

柔　石

只两心知道，谁懂得一声惘惘时的勉强欢笑，正是离情浓郁的心泪！难洒呀，难洒呀，半醒半睡的魂儿，更缠绕着千条万条的丝，揪揪扭扭地斜倦着，追叙了过去，祝愿着未来，重重的一切，沉浮在我俩之间，蕙妹，怎能丢开手，随着今宵去呀！

明镜般月，高悬在墙东，寒寒深影处，似有人来窥窃我俩了。不，还是无情的催促，催促！蕙妹呀，你不要用头眠着我，让我吻个口干罢；你不要用臂挽着我，让我握个手疲罢！谁想在此后，再能受你杯茶饮，再能受你脔肉吃，还能让我在青草色般的薵茵床儿睡眠呀！向那边去，何昔是重来的日子，路与天一般长，怕只能瞩明月之西去，望白云之东来，寄问一声，——蕙妹好也否？

你说留我到明朝，明朝也是匆匆的；蕙妹呀，去的太速，悔那昔（夕）辞的太早；总之，亦在我俩的不得已间，一条没法的运命所注定的路呀！蕙妹，还是丢开手，随着今宵去罢！

她走了

梁遇春

她走了，走出这古城，也许就这样子永远走出我的生命了。她本是我生命源泉的中心里的一朵小花，她的根总是种在我生命的深处，然而此后我也许再也见不到那隐有说不出的哀怨的脸容了。这也可说我的生命的大部分已经从我生命里消逝了。

两年前我的懦怯使我将这朵花从心上轻轻摘下，（世上一切残酷大胆的事情总是懦怯弄出来的，许多自杀的弱者，都是因为起先太顾惜生命了，生命果然是安稳地保存着，但是自己又不得不把它扔掉。弱者只怕失败，终免不了一个失败，天天兜着这个圈子，兜的回数愈多，也愈离不开这圈子了!）——两年前我的懦怯使我将这朵小花从心上摘下，花叶上沾着几滴我的心血，它的根当还在我心里，我的血就天天从这折断处涌出，化成脓了。所以这两年来我的心里的贫血症是一年深一年了。今天这朵小花，上面还濡染着我的血，却要随着江水——清流乎？浊流乎？天知道！——流去，我就这么无能为力地站在岸上，这么心里狂涌出鲜红的血。

“谁道人生无再少，门前流水尚能西。”但是我凄惨地相信西来的弱水绝不是东去的逝波。否则，我愿意立刻化作牛矢满面的石板在溪旁等候那万万年后的某一天。

她走之前，我向她扯了多少漫天的大谎呀！但是我的鲜血都把它们染成了真实了。还没有涌上心头时是个谎话，一经心血的洗礼，却变做真实的真实了。我现在认为这是我心血唯一的用处。若使她知道个个谎都是从我心房里榨出，不像那信口开河的真话，她一定不让我这样不断地扯谎着。我将我生命的精华搜集在一起，全放在这些谎话里面，掷在她的脚旁，于是乎我现在剩下来的只是这堆渣滓，这个永远是渣滓的自己。我好比一根火柴，跟着她已经擦出一朵神奇的火花了，此后的岁月只消磨于躺在地板上做根腐朽的木屑罢了！人们践踏又何妨呢？“推枰犹恋全输局”，我已经把我的一生推在一旁了，而且丝毫也不留恋着。

她劝我此后还是少抽烟，少喝酒，早些睡觉，我听着我心里欢喜得正如破晓的枝头弄舌的黄雀，我不是高兴她这么挂念着我，那是用不着证明的，也是言语所不能证明的，我狂欢的理由是我看出她以为我生命还未全行枯萎，尚有留恋自己生命的可能，所以她进言的时期还没有完全过去；否则，她还用得着说这些话吗？我捧着这血迹模糊的心求上帝，希望她永久保留有这个幻觉。我此后不敢不多喝酒，多抽烟，迟些睡觉，表示我的生命力尚未全尽，还有心情来扮个颓丧者，因此使她的幻觉不全是个幻觉。虽然我也许不能再见她的倩影了，但是我却有些迷信，只怕她靠着直觉能够看到数千里外的我的生活情形。

她走之前，她老是默默地听我的忏情的话，她怎能说什么呢？我怎能不说呢？但是她的含意难伸的形容向我诉出这十几年来她辛酸的经验，悲哀已爬到她的眉梢同她的眼睛里去了，她还用得着言语吗？她那轻脆的笑声是她沉痛的心弦上弹出的绝调，她那欲泪的神情传尽人世间的苦痛，她使我凛然起敬，我觉得无限的惭愧，只好滤些清净的心血，凝成几句的谎言。天使般的你呀！我深深地明白你会原宥，我从你的原宥我得到我这个人唯一的价值。你对我说："女子多半都是心地极偏狭的，顶不会容人的，我却是心地最宽大的。"你这句自白做了我黑暗的心灵的闪光。

我真认识得你吗？真走到你心窝的隐处吗？我绝不这样自问着，我知道在我不敢讲的那个字的立场里，那个字就是唯一的认识。心心相契的人们哪里用得着知道彼此的姓名和家世。

你走了，我生命的弦戛然一声全断了，你听见了没有？

写这篇东西时，开头是用"她"字，但是有几次总误写做"你"字，后来就任情地写"你"字了。仿佛这些话迟早免不了被你瞧见，命运的手支配着我的手来写这篇文字，我又有什么办法哩！

红　豆

陆　蠡

听说我要结婚了，南方的朋友寄给我一颗红豆。

当这小小的包裹寄到的时候，已是婚后的第三天。宾客们回去的回去，走的走，散的散，留下来的也懒得闹，躺在椅子上喝茶嗑瓜子。

一切都恢复了往日的冲和。

新娘温娴而知礼的，坐在房中没有出来。

我收到这包裹，我急忙地把它拆开。里面是一只小木盒，木盒里衬着丝绢，丝绢上放着一颗莹晶可爱的红豆。

“啊！别致！”我惊异地喊起来。

这是K君寄来的，和他好久不见面了。和这邮包一起的，还有他短短的信，说些是祝福的话。

我赏玩着这颗红豆。这是很美丽的。全部都有可喜的红色，长成很匀整细巧的心脏形，尖端微微偏左，不太尖，也不太圆。另一端有一条白的小眼睛。这是豆的胚珠在长大时连系在豆荚上的所在。因为有了这标识，这豆才有异于红的宝石或红的玛瑙，而成为蕴藏着生命的酵素的有机体了。

我把这颗豆递给新娘。她正在卸去早晨穿的盛服，换上了浅蓝色的外衫。

我告诉她这是一位远地的朋友寄来的红豆。这是祝我们快乐，祝我们如意，祝我们吉祥。

她相信我的话，但眼中不相信这颗豆为何有这么多的涵义。她在细细地反复检视着，洁白的手摩挲这小小的豆。

“这不像蚕豆，也不像扁豆，倒有几分像枇杷核子。”

我怃然，这颗豆在她的手里便失去了许多身份。

于是，我又告诉她这是爱的象征，幸福的象征，诗里面所歌咏的，书里面所写的，这是不易得的东西。

她没有回答，显然这对她是难懂，只干涩地问：

“这吃得么?”

“既然是豆，当然吃得。”我随口回答。

晚上，我亲自到厨房里用喜筵留下来的最名贵的作料，将这颗红豆制成一小碟羹汤，亲自拿到新房中来。

新娘茫然不解我为何这样殷勤。友爱的眼光落在我的脸上。嘴唇微微一噘。

我请她先喝一口这亲制的羹汤。她饮了一匙，皱皱眉头不说话，我拿过来尝一尝，这味辛而涩的，好像生吃的杏仁。

我想起一句古老的话，呵呵大笑地倒在床上。

一个古怪孩子的爱

朱生豪

DarlingBoy：

千言万语，不知从何处说起。第一你说我是不是个好孩子，一到上海，连两三点钟都不放弃，寓所也没去，就坐在办公室里了。这简直不像是从前爱好逃学旷课的我了，是不是？事实是，下车时一点钟，因为车站离家大远，天又在临下阵头雨之际，便在北四川路广东店里吃了饭并躲雨，而且吃冰淇淋。雨下个不停，很心焦，看看稍小些，便叫黄包车回泵。可是路上又大落特落起来，车篷遮不住迎面的雨，把手帕覆在脸上，房屋树木街道部在一片白濛濛中去，像一个小孩子似的，衷心感到喜悦（这是因为我与雨极有缘份的缘故，我的诗中不是常说雨吗?）。本来在汽车中我一路像受着极大的委屈似的，几回滴下泪来，可是一到上海，心里想着毕竟你是待我好的，这次来游也似乎很快乐，便十分高兴起来。——车过了书局门口，忽然转计想就在这里停下吧，因此就停下了。

为着礼貌的缘故，但同时也确是出自衷心的容我先道谢你们的招待。你家里的人都好，我想你母亲一定非常好，你的弟弟给我的直接印象，比之你以前来信中所说及的所给我的印象好得多。

唉，我先说什么呢？我预备在此信中把此时的感想，当时欲向你说，因当着别人而讲不出来的话，实际还是当时的未形成语言的思想，以及一切的一切，都一起写下来。明明见了面而不说话，一定要分手之后再像个健谈者那样絮絮叨叨起来，自然有些反乎常情，然而有什么办法呢?我一点不会说话！你对别人有许多话说，对我又说不出什么话来。又有什么办法呢？横竖我们会少离多，上帝（魔鬼也好）要是允许给我一支生花妙笔，比之单会说话不会动笔也许确要好得多，无如我的笔并不能表达出我所有的感情思想来何？但无论如何，靠着我们这两张嘴决不能使我们谅解而成为朋友，然则能有今日这一天，我能在你宝贵的心中占着一个位置（即使是怎样卑微的位置都好），这支笔岂不该值千万个吻？我真想把从前写过给你的信的旧笔尖都宝藏起来，我知道每一个用过的笔尖都曾为我作过如此无价的服务。

最初，我想放在信的发端上说的，是说你借给我的不是两块钱而是十块钱这一回事是绝大的错误，当我一发现这，我简直有些生气，我想一回到上海之后，但立刻把我所不需要的八块钱寄还给你，说这种方面的你的好意非我所乐意接受，那只能使我感到卑辱。如果我所需要的是要那么多，为什么我不能便向你告借那么多呢？如果我不需要那么多，你给我不需要的东西做什么呢？如果我这样，你会不会嫌我作意乖僻？我想我总不该反而嫌怪起你的好意（即使这样的好意我不欢迎）来而使你懊恼，因此暂时保存着尽力不把它动用（虽然饭店里已兑碎了一块，那我想象是你请我的客，因此吃得很有味），以后尽早还你。本来这月的用途已细心计划好，因为这次突然的决心，又不知道车费竟是那么贵。所以短绌了些，便除非必要，我总不愿欠人家一块钱，即使（尤其）是最好的朋友；这个“好”脾气愿你了解我。你要不要知道我此刻的全部财产？自从父亲死了之后，家里当然绝没有什么收入，祖产是有限得可怜，仅有一所不算小的房子，一部分自居，一部分分租给三家人家和一爿油行，但因地僻租不起钱，一年统共不过三百来块钱，全部充作家中伙食和祭祀之用，我们弟兄们都是绝不动用分文的。母亲的千把块钱私蓄一直维持我从中学到大学，到毕业为止计用空了百把块钱；兄弟的求学则赖着应归他承袭的叔祖名下一注小小的遗产。此刻我已不欠债，有二百几十块钱积蓄，由表姊执管着，我知道我自己绝对用不着这些钱，不过作为交代而已。如果兄弟读书的钱不足的话，可以补济补济，自己则全然把它看作不是自己的钱一样。除了这，那么此刻公司方面欠我稿费百元，月薪四十三元，我欠饭钱未付的十二元，此外别人向我借去的约五六十元，我不希望他们还了。这些都不算，则我此刻有现金 $ 7.25，欠宋清如名下 $ 10.00，计全部财产为 $ -2.75。你想我是不是个 unpractical 的人？

话一离题，便分开了心，莫名其妙地说了这些不相干的话。我说，这回到常熟来我很有点感到寂寞，最颓丧的是令弟同我上茶馆去坐的那我也不知多少时候，那时我真是 literally（简直、完全）一言不发（希望他原谅我性子的怪僻），坐着怨恨着时间的浪费。昨晚你们的谈天，我一部分听着，一部分因为讲的全是我所不知道的人们，又不全听得明白，卻使听着也不能发生兴趣，因此听见的只是声音而不是言语，很使我奇怪人们会有这么多的 non-sense（废话）爱谈这个人那个人的平凡琐事。但无论如何，自己难得插身在这一种环境里，确也感到有些魅力，因为虽然我不能感到和你心灵上的交流，如同仅是两人在一起时所感到的那样，但我还能在神秘的夜色中瞻望你的姿态，聆听你的笑语，虽然有时不知道你在说些什么，但我以得听见你的声音为满足，因为如果音乐是比诗更好，那么声音确实比言语更好，也许你所说的是全无意思的话，但你的语声可以在我的心上绘出你的神态来。半悲半喜的心情，觉得去睡觉是一件很不情愿的事，因为那时自己所能感触到的，就只有自己的饥渴的寂寞的灵魂了。after 怨恨自己不身为女人（为着你的缘故，我宁愿作如此的牺牲，自己一向而且仍然是有些看不起女人的），因为异性的朋友是如此之不痛快多拘束，尽管在不见面时在想象中忘记了你是女人，我是男人，纯情地在无垢的友情中亲密地共哭共笑，称呼着亲爱的名字，然而会面之后，你便立刻变成了宋小姐，我便立刻变成了朱先生，我们中间不能不守着若干的距离，这种全然是魔鬼的工作。当初造了亚当又造夏娃的家伙，除了魔鬼没有第二个人，因为作这样恶作剧的，决不能称之为上帝。——之后，我便想：人们的饥渴是存在于他们的灵魂内里，而引起这种饥渴来，使人们明白地感到苦恼，Otherwise，hidden and unfelt（相反，在隐而不觉时）的，是所谓幸福，凡幸福没有终极的止境，因此幸福愈大则饥渴愈甚。因是我在心里说：因为我是如此深爱你，所以让我们（我宁愿）永远维持着我们平淡的友谊啊！

撇开这些傻话，我觉得常熟和你的家虽然我只是初到，却一点没有陌生之感。当前天在车中向常熟前行的时候，我怀着雀跃似的被释放了的一颗心，那么好奇地凝望着一路上的景色，虽然是一样的绿的田畴白的云，却发呆似地头也不转地看着看着，一路上乡人们天真的惊奇，尤其使我快活得感动。在某车站停车时，一个老妇向车内的人那么有趣地注视着时，我真不能不对她 beama smile（发笑）；那天的司机者是一个粗俗的滑稽的家伙，嘴巴天生的合不拢来，因为牙齿太长的缘故，从侧面望去，真“美”。他在上海站未出发之前便好多次学着常熟口音说，“耐伲到常熟”，口中每每要发出“×那娘”的骂人话，不论是招呼一个人，或抱怨着过站停车的麻烦时。他说：“过一站停三分钟，过十几站便要去了半个钟点。”其实停车停得久一些的站头固然也有，但普通只停一分钟许；没有人上下的，不停的也有，因此他的话是有点夸张的，总之是一个可爱的家伙，当时我觉得。过站的时候，有些挥红绿旗的人因为没有经验，很有些手足无措的样子，而且所有的人都有些悠闲而宽和的态度，说话与行动都很文雅。有一个人同着小孩下车，那小孩应该是要买车票的却没有买，收票的除了很有礼他说一声“要买车票”之外就一声不响地让他走了。有两站司机人提醒了才晓得收票。某次一个乡妇下车后扬长而去，问那土头土脑的收票者，他说那妇人他认识。最可笑的是有一个乡下人，汗流浃背地手中拿着几张红绿钞票，气急匆忙地要上车子，开到半路，忽然他在车窗外看见了熟人，车子正在疾驰的时候，他发疯似的向窗外喊着，连忙要司机把车子停下放他下车，吃了几句臭骂，便飞奔出去了，那张车票所花的冤钱，可有些替他肉痛。——这一切我全觉得有趣。

可是唯一使我快活的是想着将要看见你，我对自己说，我要在下车后看见你时双手拉住你端详着你的“怪相”，虽然明知道我不会这样的，当然仍带着些忧虑，因为不知道你身体是否健爽。实在，如果不是星期六接到你的信和知道你又在受着无情的折磨，也许我不会如此急于来看你，为着钱的问题要把时间捺后一些；而且你说过你要来车站接我，我怎么肯使你扑空呢？车子过了太仓之后，有点焦躁而那个起来，直到了常熟附近的几个村站，那照眼的虞山和水色，使眼前突然添加了无限灵秀之气，那时我真是爱上了你的故乡。

到达之后，向车站四周走了一转，看不见你，有点着急，担心你病倒，直至看见了你（真的看见了你），Wellthen，我的喜乐当然是不可言说的，然而不自禁地有些 timid（羞怯）起来。回去就不同了，望了最后的一眼你，凄惶地上了车，两天来的寂寞都堆上了心头，而快乐却忘记了，我真觉得我死了，车窗外的千篇一律的风景使我头大（其实即使是美的风景也不能引起我的赞赏了），我只是低着头发着痴。车内人多很挤，而且一切使我发恼。

初上车，还有一个漂亮的少女（洋囡囡式的），她不久下车，此后除了一个高个儿清秀的少年之外，车上都是蠢货商人市侩之流。一个有病的司机人搭着我们这辆车到上海，先就有点恶心。不久又上来了一个三家村学究四家店朝奉式的人，因为忙着在人缝里轧坐位，在车子颠簸中浑身跌在一个女人的身上，这还不过令人发笑（虽然有些恶心）而已，其后他总是自鸣得意地遇事大呼小叫，也不管别人睬不睬他，真令人不耐。在我旁边的那个人，打瞌睡常常靠压到我的身上，也惹气得很。

后来有几个老妇人上来，我立起身来让了座，那个高个儿少年也立起，但其他的一些年轻力壮的男人们，却只望着看看，把身体坐得更稳些。我简直愤慨起来，而要骂中国人毫无规矩，其实这不是规矩，只是一种正当的冲动。我以为让老弱坐，让贤长者坐，让美貌的女郎及可爱的小孩子坐，都是千该万该的，让贤长者坐是因为尊敬，让美貌的女郎坐是因为敬爱（我承认我好色，但与平常的所谓好色有所不同。我以为美人总是世间的瑰宝，而真美的人，总是从灵魂里一直美到外表上，而灵魂美的人，外表未有不美者，即使不合机械的标准与世俗的准绳，若世俗所惊眩之美貌，一眼看去就知道浅薄庸俗的，我决不认之为美人），让小孩坐是因为爱怜，让老弱者坐是因为怜悯。一个缠着小脚步履伶汀的乡村妇人，自然不能令人生出好感，但见了她不能不起立，这是人类之所以为人类的地方，但中国人有多数是自私得到那么卑劣的地步。这种自私，有人以为是个人主义，那是大谬不然。个人主义也许并不好，但决不是自私，即使是自私，也是强性的英雄式的自私，不是弱性的卑劣的自私，个人主义要求超利害的事物，自私只是顾全利害。中国没有个人主义，只有自私。

对于常熟的约略的概念，是和苏州相去不远，有闲生活和龌龊的小弄崎岖的街道，都是我所不能惬意之点。但两地山水秀丽，吃食好，人物美慧（关于吃食，我要向你Compain（抱怨），你不该不预备一点好吃的东西给我吃，甚至于不好吃的东西也不给我吃，今天早晨令弟同我出去吃的鸭面，我觉得并不好吃，而且因份量太多，吃不下，只吃了二分之一；至于公园中的菱，那么你知道，嘉兴唯一的特产便是菱了，这种平庸的是不足与比的，虽然我也太难得吃到故乡的菱了。买回的藕，陆师母大表满意，连称便宜，可是岂有此理的她也不给我吃。实在心里气愤不过，想来想去要恨你），都是可以称美的地方。如果两地中我更爱常熟，那理由当然你明白，因为常熟产生了你。

常熟和我乡比起来，自然更是个人文之区。以诗人而论，嘉兴只有个朱竹垞（冒一个“我家”）可以和你们的钱牧斋一较旗鼓，此外便无人了。就是至今你到吾乡去，除了几个垂垂老者外，很难找出一打半风雅的人来；嘉兴报纸副刊的编辑，大概属于商人阶级或浅薄少年之流，名士一名词在嘉兴完全是绝响的，子女们出外读书，大多是读工程化学或者无线电什么之类，读文学是很奇怪的。确实的，嘉兴学生的国文程度，皆不过尔尔的多，因为书香人家不甚多，有的亦已衰微，或者改业商了。常熟也许士流阶级比商人阶级更占势力，嘉兴则全是商人的社会，因此也许精神方面要比前看整饬一点，略为刻苦勤勉一点。此外则因为同属于吴语区域，一切风俗都没有什么两样。要是我死了，好友，请你亲手替我写一墓铭，因为我只爱你的那一手“孩子字”，不要写在什么碑版上，请写在你的心上，“这里安眠着一个古怪的孤独的孩子”，你肯吗？我完全不企求“不朽”，不朽是最寂寞的一回事，古往今来一定有多少天才，埋没而名不彰的，然而他们远较得到荣誉的天才们为幸福，因为人死了，名也没了，一切似同一个梦，完全不曾存在，但一个成功的天才的功绩作品，却牵索着后世人的心。

试想，一个大诗人知道他的作品后代一定有人能十分了解它，也许远过于同时代的人，如果和他生在同时，一定会成为最好的朋友，但是时间把他们隔离得远远的，创作者竟不能知道他的知音是否将会存在，不能想象那将是一个何等相貌性格的人，无法以心灵的合调获取慰勉，这在天才者不能不认为抱憾终天的事，尤其如果终其生他得不到人了解，等死后才有人崇拜，而被崇拜者已与虫蚁无异了，他怎还能享受那种崇拜呢？与其把心血所寄的作品孤凄凄地寄托于渺茫中的知音，何如不作之为愈呢？在天才的了解者看来呢，那么那天才是一个无上的朋友，能传达出他所不能宣述的隐绪，但是他永远不能在残余的遗迹以外去认识，去更深地同情他，他对于那无上的朋友，仅能在有限的范围之内作着不完全的仰望，这缺陷也是终古难补的吧？而且，他还如一个绝望的恋人一样，他的爱情是永远不会被她知道的。

说着这样一段话，我并不欲自拟为天才（实在天才要比平常人可怜得多），但觉得一个人如幸而能逢到一个倾心相交的友人，这友人实比全世界可贵得多；自己所存留的忆念，随着保有这些忆念的友人的生命而俱终，也要比“不朽”有意思一些。我不知道我们中谁将先谁而死，但无论是谁先死都使我不快活。要是我先死的话，那么我将失去可宝贵的与你同在的时间之一段。要是你先死的话，那么我将孤零地在忆念中度着无可奈何的岁月。如果我有希望，那么我希望我们不死在同一空间，只死在同一时间。

话越说越傻了，我不是很有些 Sentimental？请原谅我。这信是不是我所写给你的信中的最长的，然而还是有许多曾想起而遗落了的思想。

在你到杭州前，我无论如何还希望见你一面。愿你快快痊好，我真不能设想你要忍受这许多痛苦与麻烦。

无限热烈的思念。盼你的信息。

朱朱 26 日夜

云鸥情

庐　隐

异云：

我本是抱定决心在人间扮演，不论悲欢离合甜酸苦辛的味儿，我都想尝，人说这世界太复杂了，然而我嫌它太单调，我愿用我全生命的力去创造一个福音博和的世界；我愿意我是为了这个愿望而牺牲的人，我愿意我永远是一出悲剧的主人；我愿我是一首哀婉又绮丽的诗歌；总之，我不愿平凡！——纵使平凡能获得女玉的花冠，我亦将弃之如遗。啊异云，你不必替我找幸福，不用说幸福是不容易找到，我也不见得会收受。你要知道，有了绝大的不幸，才有冷鸥，冷鸥便是一切不幸的根蒂。唉，异云，我怨吗？我恨吗？不，不，绝不，我早知道我的生是为呕吐心血而生的。我是点缀没有生气的世界而来的，因之荆棘越多，我的血越鲜红，我的智慧也越高深。

我怀疑做人——尤其怀疑做幸福的人：什么夫荣妻贵？子孙满堂？他们的灵魂便被这一切的幸福遮蔽了，哪里有光芒？哪里有智慧？到世界上走一趟，结果没有懂得世界是什么样？自己是什么东西？啊，那不是太滑稽得可怜了吗？异云，我真不愿意是这一类的人！在我生活的前半段几乎已经陷到这种可悲的深渊里了，幸亏坎坷的命运将我救起，我现在既然已经认识我自己了，我又哪敢不把自己捉住，让他悄悄地溜了呢？

世俗上的人都以为我是为了坎坷的命运而悲叹而流泪，哪里晓得我仅仅是为了自己的孤独——灵魂的孤独而叹息而伤心呢？可是人到底是大蠢了；为什么一定要求人了解呢？孤独岂不更隽永有味吗？我近来很觉悟此后或者能够做到不须人了解而处之泰然的地步，啊异云，那时便是我得救的时候了。我的心波太不平静忽然高掀如钱塘潮水，有时平静如寒潭静流；所以我有时是迷醉的，有时是解脱的，这种梦幻不定的心，要想在人间求寄托，不是太难了吗？——啊，我从此将如长空孤雁永不停住于人间的橱上求栖止，人间自然可以遗弃我的，我呢，也应当学着遗弃人间。

异云，我有些狂了，我也不知说什么疯话，请原谅我吧！昨天你对我说暑假后到广东去，很好！只要你觉得去与你是有兴趣的，你就去吧；我现在最羡慕人有奔波的勇气，我呢，说来，可怜便连这一点兴趣都没有！——我的心也许一天要跑十万八千里，然而我的身体是一块朽了的木头，不能挪动，一挪动，好像立刻要瓦解冰消，每天支持在车尘蹄迹之下奔驰，已经够受，哪里还受得起惊涛骇浪的掀腾？哪里还过得起戴月披星的生活？啊异云，我本是秋风里的一片落叶，太脆弱了！

异云，我写到这里，不期然把你昨天给我的信看了一遍，不知哪里来的一股酸味直冲上来，我的眼泪满了眼眶，——然而我咽下去那咸的涩的眼泪——我是咽下去了哟！唉！这世界什么是值得惊奇的？什么是值得赞美的？我怀疑！——唉！

一切都是让我怀疑！什么恋爱？什么友谊？都只是一个太虚渺的幻影！啊！我曾经追寻过，也曾经想捉着过，然而现在，至少是此刻，我觉得我不需要这些！——往往我需要什么呢？我需要失却知觉，啊，你知道我的心是怎样紊乱呢？除了一瞑不视，我没有安派我自己的方法。

但是异云，请你不必为我悲伤。这种不可捉摸的心波，也许一两天又会平静，一样的酬应于大庭广众之中，欢歌狂吟，依然是浪漫的冷鸥。至于心伤，那又何必管它呢？或者还有人为了我的疯笑而忌妒我的无优无虑呢？啊，无穷的人生，如此而已，哓哓不休，又有什么意思？算了吧，就此打住。

冷鸥书

不算情书

丁　玲

我这两天都心不离开你，都想着你。我以为你今天会来，又以为会接到你的信，但是到现在五点半钟了。这证明了我的失望。

我近来的确是换了一个人，这个我应该告诉你，我还是喜欢什么都告诉你，把你当一个我最靠得住的朋友，你自然高兴我这样。我知道你“永远”不会离弃我的，因为我们是太好，我们的相互的理解和默契，是超过了我们的说话，超过了一般人所能理解的地位，其实我不告诉你，你也知道。你已经感觉到，你当然高兴我能变，能够变得好一点，不过也许你觉得我是在对你冷淡了，你或者会有点不是你愿意承认的些微的难过，就是这个使得你不敢在我面前任意说话，使你常常想从我这里逃掉。

你是希望能同我痛痛快快谈一次天的，我也希望我们把什么都说出，你当然是更愿意听我的意见的，所以我无妨在这里多说一点我自己，和你。但是我希望得听你详细的回答。好些人都说我，我知道有许多人背地里把我作谈话的资料的时候是这样批评，他们不会有好的批评的，他们一定总以为丁玲是一个浪漫（这完全是骂人的意思）的人，以为是好用感情（与热情不同）的人，是一个把男女关系看做有趣和随便（是撤烂污意思）的人；然而我自己知道，从我的心上，在过去的历史中，我真真的只追过一个男人，只有这个男人燃烧过我的心，使我起过一些狂炽的（注意：并不是那末机械的可怕的说法）欲念，我曾把许多大的生活的幻想放在这里过，我也把极小的极平凡的俗念放在这里过，我痛苦了好几年，我总是压制我。我用梦幻做过安慰，梦幻也使我的血沸腾，使我只想跳，只想捶打什么，我不扯谎，我应该告诉你，我现在可以告诉你了(可怜我在过去几年中，我是多么只想告诉你而不能)，这个男人是你，是叫着“××”的男人。也许你不会十分相信我这些话，觉得说过了火，不过我可以向你再加解释：易加说我的那句话有一部分理由，别人爱我，我不会怎样的，蓬子说我冷酷，也是对的。我真的从不尊视别人的感情，所以我们过去的有许多事我们不必说它，我们只说我和也频的关系，我不否认，我是爱他的，不过我们开始，那时我们真太小，我们像一切小孩般好像用爱情做游戏，我们造作出一些苦恼，我们非常高兴的就玩在一起了。我们什么也不怕，也不想，我们日里牵着手一块玩，夜里抱着一块睡。我们常常在笑里，我们另外有一个天地。我们不想到一切俗事，我们真像是神话中的孩子们过了一阵。到后来，大半年过去了，我们才慢慢地落到实际上来，才看出我们是一个男人和一个女人，是被一般人认为夫妻关系的，当然我们好笑这些，不过我们却更相爱了，一直到后来看到你，使我不能离开他的，也是因为我们过去纯洁无疵的天真，一直到后来，使我同你断绝，宁肯让我只有我一个人知道，我是把苦痛秘密在心头，也是因为我们过去纯洁无疵的天真，和也频逐渐对于我的热爱——可怕的男性的热爱。总之，后来不必多说他，虽说我自己也是一天一天对他好起来，总之，我和他相爱得太自然太容易了，我没有不安过，我没有幻想过，我没有苦痛过。然而对于你，真真是追求，真有过宁肯失去一切而只要听到你一句话，就是说“我爱你”！你不难想着我的过去，我曾有过的疯狂，你想，我的眼睛，我不肯失去一个时间不望你，我的手，我一得机会我就要放在你的掌握中，我的接吻。我想过，我想过（我到现在才不愿骗自己说出老实话）同你到上海去，我想过同你到日本去，我做过那样的幻想。

假使不是也频我一定走了。假使你是另外的一付性格，像也频那样的人，你能够更鼓动我一点，说不定我也许走了。你为什么在那时不更爱我一点，为什么不想获得我？你走了，我们在上海又遇着，我知道我的幻想只能成为一种幻想，我感到我不能离开也频，我感到你没有勇气，不过我对你一点也没有变，一直到你离开杭州，你可以回想，我都是一种态度，一种愿意属于你的态度，一种把你看得最愿信托的人看，我对你几多坦白，几多顺从，我从来没有对人那样过，你又走了，我没有因为隔离便冷淡下我对你的情感，我觉得每天在一早醒来，那些伴着鸟声来到我心中的你的影子，是使我几多觉得幸福的事，每每当我不得不因为也频而将你的信烧去时，我心中填满的也还是满足，我只要想着这世界上有那末一个人，我爱着他，而他爱着我，虽说不见面，我也觉得是快乐，是有生活的勇气，是有生下去的必要的。而且我也痛苦过，这里面不缺少矛盾，我常常想你，我常常感到不够，在和也频的许多接吻中，我常常想着要有一个是你的就好了。我常常想能再睡在你怀里一次，你的手放在我心上。我尤其当有着月亮的夜晚，我在那些大树的林中走着，我睡在石栏上从叶子中去望着星星。我的心跑到很远很远，一种完全空的境界，那里只有你的幻影，“唉。怎么得再来个会晤呢？我要见他，只要一分钟就够了。”这种念头常常抓住我，唉，××！为什么你不来一趟！你是爱我的，你不必赖，你没有从我这里跑开过一次，然而你，你没有勇气和热情，你没来，没有在我要你的时候来，你来迟了一点，你来在我愿意不见你了的时候。所以只给了你一个不愉快的陈迹。从这时起，我们形式上一天一天的远了。你难过我，你又愿意忘记我，你同另外的女人好了。我呢，我仍旧不变，我对你取着绝对的相信，我还是想你，忍着一切，多少次只想再给你一封信，多少次只想我们再相见，可是忍耐过去了。我总以为你还是爱我的，我永远是爱着你，依靠着你，我想着你爱我，不断的，你一定关心我得厉害。我就更高兴，更想向上，更感觉得不孤单，更感觉充实而愿意好好做人下去，这些话我同你说过，同昭说过，同乃超也说过，你不十分注意，他们也不理解，可是我是真的这样生活了几年，只有蓬子知道我不扯谎，我过去同他说到这上面，讲到我的几年的隐忍在心头的痛苦。讲到你给我的永生的不可磨灭的难堪。后来我们又遇着了，自然，我们终会碰在一块儿，我们的确永远都要在一块儿的，你没有理我，每次我们的遇见，你都在我的心上投下了一块巨石，使我有几天不安，而且不仅是遇见，每次当也频出去，预知了他又要见着你时，我仿佛也就不安的又站在你的面前了。我不愿扰乱你，我也不愿扰乱也频，我不愿因为我是女人，我来用爱情扰乱别人的工作，我还是愿意我一人吃苦，所以在这一期间是没有人可以看到我的心境的。一直到最近的前一些日子，在北四川路看到你，看到你昂然的从我身后大踏步的跑到我的前面去，你不理我，你把我当一个不相识者，你把我当一个不足道者的那样子，使我的心为你的后影剧烈的跳着，又为你的态度伤心着，我恨你，我常常气愤的想：“哼，你以为我还在爱你吗?”但是我永远不介意你所给我的不尊敬，我最会原谅你，我只想再在马路上一次看见你，看你怎么样，而且我常在你住的那一带跑起来。你总是那末不睬我的，实际上，假如我不愿离开你们，我又得常常和你见面，这事非常使我不如意，我只好好好的向你做一次解释，希望你把我当一个男人，不要以为我还会和你麻烦（就是说爱你），我们现在纯粹是同志，过去的一切不讲它，我们像一般的同志们那样亲热和自然，不要不理我，使我们不方便。我当然解释得很好，实际上是须要这样解释，而且我也已经习惯了忍耐的，所以结果是很好。然而我始终是爱着你，每次和你谈后，我就更快乐，更有着要生的需要，只想怎么好好做人。每次到恨自己的时候，到觉得一切都无希望的时候，只要你一来，我又觉得那些想象太好笑了，我又要做人，到现在我有这样的稳定，我的无聊的那些空想头，几至完全没有了，实在是因为有你给我的勇气，××！只有你，只有你的对我的希望，和对于我的个人的计划，一种向正确路上去的计划。是在我有最大的帮助的，这都是些不可否认的历史。我说我的最近吧。

我已经是比较有理性有克制的人，然而我对你还是有欲望，我还是做梦，梦想到我们的生活怎么能连系在一起。想着我们在一张桌上写文章，在一张椅上读书，在一块做事，我们可以随便谈什么，比同其他的人更不拘束些，更真实些，我们因为我们的相爱而更有精神起来，更努力起来，我们对人生更不放松了。我连最小的地方也想到了，当想到你的头发一定可以洗干净（因为有好几次都看到你的头脏），想到你的脾气一定可以好起来，而你对同志间的感情也更可以好起来，我觉得你有些地方是难于使人了解的态度，当然我能了解你那些。而我呢，我一定勤快，因为你喜欢我那样，我一定要有理性，因为你喜欢我那样，我一定要做一个最好的人，一点小事都不放松，都向着你最喜欢我的那么做去，当然我不是说我是要因为一个男人才肯好好的活，然而事实一定是那样，因为有了你，我能更好好的做人，我确是可以更好点是无疑的。而且这决不是坏的事，不过，这好像还是些梦想。我觉得不知为什么我们总不能连系起来，总不能像一般人平凡的生活下去，这平凡就是你所说的健全。所以我总是常常要对你说，希望你能更爱我一点就好。我不知应该怎样来对你说出我新有的梦幻。这是，我最近的过去是这样的，一直到写信以前都这样。

而我现在呢，我稍稍有点变更，因为我看见你那么无主意，我愿意——我不想苦恼人，我愿意我们都平平静静的生活，都做事，不再做清谈了。

这封信本来预备写得很长的，可是今天在见你之后，心绪又乱了起来，我不能续下去了。有许多话觉得不愿说下去了，觉得这信也不必给你，我真是一个不中用的人，希望你能干，你强，这样我可以惭愧，可以痛苦，可以一切都不管，可以只知好好做人了。勉励我，像我所期望于你的那样，帮助我，因为我的心总是向上的。我这时心乱得很。好，祝你好，我永远的朋友！

八月十一日（一九三一年）

压了两天，终于想还是寄给你的好。这没有说完的一半话，就是说，我改变了，你既是喜欢的，你就不要以为我对你冷淡而心里难过，又对我疏远起来。那是要几多使我灰心的！帮助我，使我好好的做人。希望你今天会来。

十三日上午

一夜来，人总不能睡好；时时从梦中醒来，醒来也还是像在梦中，充满了甜蜜，不知说多少东西在心中汹涌，只想能够告诉人一些什么，只想能够大声的笑，只想做一点什么天真，愚蠢的动作，然而又都不愿意，只愿意永远停留在沉思中，因为这里是满占据着你的影子，你的声音，和一切形态，还和你的爱，我们的爱情，这只有我们两人能够深深体会的好的，没有俗气的爱情！我望着墙，白的，我望着天空，蓝的，我望着冥冥中，浮动着尘埃，然而这些东西都因为你，因为我们的爱而变得多么亲切于我了呵！今天是一个好天气，比昨天还好，像三月里的天气一样。我想到，我只想能够再挨在你身边，不倦的走去，不倦的谈话，像我们曾有过的一样，或者比那个更好，然而，不能够，你为事绊着。你一定有事，我呢，我不敢再扰你，用大的力将自己压住在这椅上，想好好的写一点文章，因为我想我能好好写文章，你会更快乐些，可是文章写不下去，心远远飞走了，飞到那些有亮光的白云上，和你紧紧抱在一起，身子也为幸福浮着……

本来我有许多话要讲给你听，要告诉你许多关于我们的话，可是，我又不愿意写下去，等着那一天到来，到我可以又长长的躺在你身边，你抱着我的时候，我们再尽情的说我们的，深埋在心中，永世也无从消灭的我们的爱情吧。

我要告诉你的而且我要你爱我的！

你的“德娃利斯”一月五日（一九三二年）

这不算情书

湖畔哀歌

石评梅

一

我由冬的残梦里惊醒，春正吻着我的睡靥低吟！晨曦照上了窗纱，望见往日令我醺醉的朝霞，我想让丹彩的云流，再认认我当年的颜色。

披上那件绣着蛱蝶的衣裳，姗姗地走到尘网封锁的妆台旁。呵！明镜里照见我憔悴的枯颜，像一朵颤动在风雨中苍白凋零的梨花。

我爱，我原想追回那美丽的皎容，祭献在你碧草如茵的墓旁，谁知道青春的残蕾已和你一同殉葬。

二

假如我的眼泪真凝成一粒一粒珍珠，到如今我已替你缀织成绕你玉颈的围巾。

假如我的相思真化作一颗一颗的红豆，到如今我已替你堆集永久勿忘的爱心。

哀愁深埋在我心头。

我愿燃烧我的肉身化成灰烬，我愿放浪我的热情怒涛汹涌，天呵！这蛇似的蜿蜒，蚕似的缠绵，就这样悄悄地偷去了我生命的青焰。

我爱，我吻遍了你墓头青草在日落黄昏；我祷告，就是空幻的梦吧，也让我再见见你的英魂。

三

明知道人生的尽头便是死的故乡，我将来也是一座孤冢，衰草斜阳。有一天呵！我离开繁华的人寰，悄悄入葬，这悲艳的爱情一样是烟消云散，昙花一现，梦醒后飞落在心头的都是些残泪点点。

然而我不能把记忆毁灭，把埋我心墟上的残骸抛却，只求我能永久徘徊在这垒垒荒冢之间，为了看守你的墓茔，祭献那茉莉花环。

我爱，你知否我无言的忧衷，怀想着往日轻盈之梦。梦中我低低唤着你小名，醒来只是深夜长空有孤雁哀鸣！

四

黯淡的天幕下，没有明月也无星光这宇宙像数千年的古墓；皑皑白骨上，飞动闪映着惨绿的磷花。我匍匐哀泣于此残锈的铁栏之旁，愿烘我愤怒的心火，烧毁这黑暗丑恶的地狱之网。

命运的魔鬼有意捉弄我弱小的灵魂，罚我在冰雪寒天中，寻觅那雕零了的碎梦。求上帝饶恕我，不要再惨害我这仅有的生命，剩得此残躯在，容我杀死那狞恶的敌人！

我爱，纵然宇宙变成烬余的战场，野烟都腥：在你给我的甜梦里，我心长系驻于虹桥之中，赞美永生！

五

我镇天踯躅于垒垒荒冢，看遍了春花秋月不同的风景，抛弃了一切名利虚荣，来到此无人烟的旷野，哀吟缓行。我登了高岭，向云天苍茫的西方招魂，在绚烂的彩霞里，望见了我沉落的希望之陨星。

远处是烟雾冲天的古城，火星似金箭向四方飞游！隐约的听见刀枪搏击之声，那狂热的欢呼令人震惊！在碧草萋萋的墓头，我举起了胜利的金觥，饮吧我爱，我奠祭你静寂无言的孤冢！

星月满天时，我把你遗我的宝剑纤手轻擎，宣誓向长空：愿此生永埋了英雄儿女的热情。

六

假如人生只是虚幻的梦影，那我这些可爱的映影，便是你赠与我的全生命。我常觉你在我身后的树林里，骑着马轻轻地走过去。常觉你停息在我的窗前，徘徊着等我的影消灯熄。常觉你随着我唤你的声音悄悄走近了我，又含泪退到了墙角。常觉你站在我低垂的雪帐外，哀哀地对月光而叹息！

在人海尘途中，偶然逢见个像你的人，我停步凝视后，这颗心呵！便如秋风横扫落叶般冷森凄零！我默思我已经得到爱的之心，如今只是荒草夕阳下，一座静寂无语的孤冢。

我的心是深夜梦里，寒光闪灼的残月，我的情是青碧冷静，永不再流的湖水。残月照着你的墓碑，湖水环绕着你的坟，我爱，这是我的梦，也是你的梦，安息吧，敬爱的灵魂！

七

我自从混迹到尘世间，便忘却了我自己；在你的灵魂我才知是谁？

记得也是这样夜里。我们在河堤的柳丝中走过来，走过去。我们无语，心海的波浪也只有月儿能领会。你倚在树上望明月沉思，我枕在你胸前听你的呼吸。抬头看见黑翼飞来掩遮住月儿的清光，你抖颤着问我：假如这苍黑的翼是我们的命运时，应该怎样？

我认识了欢乐，也随来了悲哀，接受了你的热情，同时也随来了冷酷的秋风。往日，我怕恶魔的眼睛凶，白牙如利刃；我总是藏伏在你的腋下趑趄不敢进，你一手执宝剑，一手扶着我践踏着荆棘的途径，投奔那如花的前程！

如今，这道上还留着你斑斑血痕，恶魔的眼睛和牙齿再是那样凶狠。但是我爱，你不要怕我孤零，我愿用这一纤细的弱玉腕，建设那如意的梦境。

八

春来了，催开桃蕾又飘到柳梢，这般温柔慵懒的天气真使人恼！她似乎躲在我眼底有意缭绕，一阵阵风翼，吹起了我灵海深处的波涛。

这世界已换上了装束，如少女般那样娇娆，她披拖着浅绿的轻纱，蹁跹在她那（姹）紫嫣红中舞蹈。伫立于白杨下，我心如捣，强睁开模糊的泪眼，细认你墓头，萋萋芳草。

满腔辛酸与谁道？愿此恨吐向青空将天地包。它纠结围绕着我的心，像一堆枯黄的蔓草，我爱，我待你用宝剑来挥扫，我待你用火花来焚烧。

九

垒垒荒冢上，火光熊熊，纸灰缭绕，清明到了。这是碧草绿水的春郊。墓畔有白发老翁，有红颜年少，向这一杯黄土致不尽的怀忆和哀悼，云天苍茫处我将魂招；白杨萧条，暮鸦声声，怕孤魂归路迢迢。

逝去了，欢乐的好梦，不能随墓草而复生，明朝此日，谁知天涯何处寄此身？叹漂泊我已如落花浮萍，且高歌，且痛饮，拼一醉烧熄此心头余情。

我爱，这一杯苦酒细细斟，邀残月与孤星和泪共饮，不管黄昏，不论夜深，醉卧在你墓碑傍，任霜露侵凌吧！我再不醒。

太太的更正

徐　訏

也怪不得伟人们要办小报，小报的宣传常常是有效的，大概为一二家小报上登了一支寻我开心的消息，说我有太太很美的缘故，弄得许多朋友要来看我太太。太太真的很美，在青年是光荣的；有朋友要来看自己美太太，尤其是光荣的事；可是在我是毫不觉得光荣，尤其不赞成朋友来看我太太。第一因为太太终是人家好，文章才是自己好，我连自己文章都不感到美，何况太太，所以看了反会使朋友失望；第二因为朋友要来看我太太，个个都是说："我明天来拜访你新夫人，中午时候，你终在家吃饭吧?"或者说："明天晚上我来拜访你，你是不是在家里吃夜饭的，顺便拜会拜会你夫人，听说嫂夫人很美呢。”假如我回答：“中午我没有空，因为胡文虎先生请我吃饭……”那他们就会说：“那就夜里吧，夜里你终在家吃饭的了。”于是我回家必须借钱买酒备菜。

看太太之美，必需附带要吃一顿饭，这个道理是曾经费我十二个深夜来思索的。中国文化之特徵恐怕就在这一点上。中国人一说到“看”，一定要连带着“吃”的。有一次我在中学教国文，出一个“约友人赏梅书”的作文题，二十八个男生十三个女生的卷子篇篇都有略备酒菜，或其他关于可吃的东西的瞎扯的，当时只感到学生们年轻家泰，爱吃而已。现在一想，觉得这真是无往而不是这样，风流名士如苏东坡，游赤壁一定要带酒菜，不在话下；就是乡下看社戏，大家眼睛在看，嘴里也必需嚼点东西，现在的戏院游戏场里也是一样，不是五香瓜子，就是橡皮糖，不是橡皮糖，就是鸭肫肝；赏菊必须吃蟹，观婚礼必需吃喜酒，游山玩水终要带酒菜，杭州有九九八十一奄寺，普陀有八九七十二蓬，每个寺院堂都有好茶，好蔬菜，供给游览者烧香者狼吞虎咽，《红楼梦》之类小说里看海棠，赏菊花一定要弄点东西吃吃，想也是这个道理。连送丧吊死都要吃点酒菜的，那其他还用说什么？总而言之，看我太太需吃点东西，这是有千真万确的道理的。

于是我想到常常听到的那句话："苏州并不好玩，可是船娘酒菜烧得不差。""万灵寺菩萨不灵，和尚的蔬菜真烧得好吃。""婚礼虽是简单，酒菜可弄得有味。"……我太太既然要不使来看的朋友失望，酒菜应当更加弄得好一点，也可以有一句："太太虽不好看，酒菜倒还不错。"这虽然不是目的上的满足，可是我不能使太太返老还童，看起来好使朋友们快活；那么弄点小菜使朋友们乐乐，也省得人家空跑一趟。

可是中国偏是礼义之邦，吃了你一点东西，一定要为你留点面子的，于是三杯酒后，就说："你的太太真像Nancy Caroll。"或者说："你的太太真像某某小说里的美女子。"有的还说她像什么花，什么鸟，大概引用点古典近典，赞美我太太一番，似乎就表示不是白吃我这一顿酒菜了。于是我太太似乎也真的美了起来，外面大家都说，她自己对镜子也觉得自己美丽了。

于是有一天太太趁我要去理发时，她说也要去烫头发。

烫发是美女的事，当然不是我太太的事；是富家的事，当然不是我们家的事；可是如今大家都说我太太像画眉，像芙蓉，像什么，像什么，你丈夫一个人说她不美还成么？可是不是富家终是事实。于是我用这个理由同她辩难起来。我说：

“烫发的钱是用得最没有道理的，烫绉了不是耐不多久就是要直的么?”

于是争吵又开始，她说：

“那么你吃了饭要变屎，为什么还要吃饭呢?”

“饭吃了一部分变成养料，发烫了难道……”

“一部分就变成美。”

“美有什么用呢?”

“那末养料有什么用呢?”

“养料是为活，我们自然不肯死。”

“美也是为活，动物只要养料就能活一辈子，人类有点美方才能活下去，你知道么?”

“但是还没有到那个时代。多数的人类不是连养料都没有了。”于是她哭了。太太会争，做丈夫的终还有办法；会哭还能有什么办法呢?幸亏天黑拢来了，于是我答应她明天下午去烫去。可是烫发花样很多，有水烫，有火烫，有电烫……我于是用另外一个法子劝她不要电烫，因为我想电烫终是太贵了点。我说：

“其实你的头发很柔美，还是不烫好；你要烫我也没有办法，不过千万不要电烫，电烫会把头发烫坏的。”

“火烫也不便宜，一天就要完的，电烫可以耐得好几个月，烫火烫几个月至少也要十多次。”

我当时虽说：“宁使多烫几次”。实际上，我是想以后再来谈判的。大概问题就这样糊里糊涂解决了。一宿无话。

第二天因为上午看见门外有挂着“电烫”一元布幌的理发店，于是我为免除以后麻烦起见，就改变了主张，晚饭后我就陪我太太去烫发了。

理发店地方还像样，很干净，可是听说我太太要烫发，理发师就极力推荐一九三六年的科学粉烫，说是用药粉的，并且拿出来给我们看，同时还说，梅兰芳回国后曾来烫过，胡蝶结婚时曾来烫过，还说了许多我记不清的外国名字，说是用这个药粉烫来会完全如天然一般，一点没有人工的俗气。我太太问他是什么价钱，他说是二十元，不过为我们是熟主顾，可以打一个八折计算。太太望望我。我急智横生，于是说：“烫发本来是人工的，要自然不是不烫更好么？我想还是电烫吧。”于是理发师望望太太，太太又望我，我说：

“电烫好了！”

说完了电烫还不算数，理发师又拿出一种绿色一种黄色的液体给我太太看。他说：

“你要这种，还是那种？”我太太自然要问：

“那种怎么样？这种怎么样？”

“这种四元，那种八元。”我听了自然跳起来，我想莫非是我上午看错了字，或者是我夜里走错了门，于是我问：

“你们外面不是写着电烫一元么？”

“先生，是的，不过这是那一种药水，”他指指远在壁角的瓶又说：“那一种药水烫起了头发要发硬发红，现在时髦一点的都不贪这个便宜了，像太太这样好的头发……”我望望太太，太太望望我的口袋。

十个商人有十个是靠女子起家，十个靠女子起家的十个都这样利用女子的虚荣心，什么衣裳的样子，衣料的花色，这样改，那样改，今天改，明天改，改长改短，改大改小，改斜改正，改高改低，叫人家把穿衣裳目的化为赶时髦，一件衣裳没有穿两次又叫人做一件。这样说。那样说，照相不照美术照是落伍，烫发不用科学粉烫又是落伍，总而言之，要说得你虚荣心动，要说得你因此害羞，要说得你怕人家笑，他算是满足而胜利了。

当时我太太的面孔是被说得红了，太太的心事我是知道的，科学粉烫既然不，那么，就是电烫；电烫要只有一元的一种，那一元电烫也就可对付，可是现在有了三种；要是三种不提起好的两种，那么一元烫发也就烫了，可是现在提到了，要是提起了一说就说定“一元的”，那也就相安无事，偏偏理发师这样那样会说话。我眼看什么办法都没有，太太面红着，要是我再固执“一元的”那种，她的眼泪就要来的，大庭广众，让太太这样出眼泪，丈夫的虚荣如何处置？一瞬间我想到我过去被一群穿皮鞋的孩子笑我布鞋的情形，我想到这个商业的社会！于是我就说：

“那么就是四元的那种吧?”要不是当时我袋里只有五元的钞票一张，我一定会说烫“八元的”那种了。

太太是在烫了，我一面在被理发，一面在肉痛，想来想去有点冤枉，我觉得以将头发弄皱要四元洋钱，来算我们生活费用，我们至少要一千元的收入方才像样。都市里的人要虚荣，阔人固然毫不在乎，真是无产阶级也谈不到虚荣，他们只像动物一般求点饱暖而已。中产阶级一辈子为这种虚荣苦的，真不在少数，男男女女，他们有中国传统的最美的道德，在家里他们肯住没有光线的后楼，他们肯天天吃咸菜炒豆腐，冬天肯没有火过一冬，夏天肯在苍蝇堆里过生活，以他们的收入算来并不用这样苦，但他们要出门，出门要烫发，烫发一到理发师手上，不由得不烫四元八元，至少也要一元；要穿高跟鞋，要做时髦衣料的衣裳，追日新月异的花样；过传统的虚荣的应酬。尽他们每月的刻苦，够不上几次的“赶时髦”，于是银行行员常卷款潜逃，夫妻们多爱离婚，大学生文艺家也要做舞女去……其实一个人的美并不是钱所能买的，美好的看护妇长年穿着白布衣服工作，我觉得常比她们穿花绸出来在街上跑为美，长年不烫发也有比烫头发美的；头发的美与面孔有关，可是现在新式的电烫，千篇一律的像一个模子轧出来的，虽然与有几个面孔相配，但同有些面孔实在不合！所以有的反弄得越来越丑，烫发这种事情说穿了真是同烫衣裳一样简单，一个是把皱的烫平，一个是把平的烫皱而已。烫衣裳以前用火，现在用电，同时取其热罢了，太热了怕烧，所以喷一点水；烫头发也是一样，用火用电，久暂而已，怕烧则用一点香油以代水，理发师口出莲花。实际只是一种水香一点，一种水刺激一点的分别，四元八元不过一点虚荣的阶段，正如当模糊镜头与布纹纸刚刚来中国的时候，这种相片就被称为美术照，价钱要贵十倍之多，实际上只是多加一个模糊镜头，换一种纸晒晒罢了，所以要以十倍代价来出卖者，卖的只是“时髦”，贪时髦也就是虚荣，当时的布纹纸照相骗过不少虚荣的男女。如今骗烫发也是一样的把戏，可是现在的都市的照相已经到了卖照相师技艺的阶段，知道怎么样配光，求怎么样的画面了；卖的已是照相师的本领，而不是什么弧光照呀美术照呀的空口号了。烫发师可是还在骗人，千篇一律的模子往各人的头上套。如果烫发师肯在样子上设法，依士女的面孔与个性来烫她们的头发，那只要她们愿意，收价一百元也是同请画家画像，雕塑家塑铜像一样的值得的。我看过菊花展览会，我感到人的头发有同菊花一样的美的，只要烫发师有技艺，知道那一种脸那一种个性该用那一种花形，那我想人人都可因此而美了许多的。但是现在我不佩服这个烫发师。所以我越想越冤枉起来了。

想着想着太太的头发已经烫好，我觉得实在烫得不十分好，不过我不敢说，第一这会使我太太不高兴，第二烫发师一定要说这是我们“贪小”，舍不得烫八元钱的缘故，自然以我太太长年不烫发来说，偶而的一次的确比不烫好看多了，所以当我太太问我“好不好”的时候，我连连称赞：“好，好。”太太自然非常高兴了。

可是出门回家，一路上我越看越觉得她没有以前好看了，一进家门，更显得她丑态百出；我在想，想不出这个理由；她可是一直在照镜子，我猜她的心理，她自己一定是越看越好看的。我一直想，一直到我睡觉了还想，想到底是为什么，使我越看她会越觉得她远不如不烫发为美？我想：或者是这个式样对于我太太不合式，那么以我自己所想到以菊花作为头发的式样来说，假定我自己是理发师，到底我太太该用哪一种花样吗？蟹菊？风尾菊？龙须菊？大理菊？我想起我在菊花展览会里所见到二千多种说不出名字的花样来，可是我想不出哪一种是十分合我太太的，以她的脸来说，那天在展览会场的东壁角所见的，花瓣倒挂着而上卷的一种或者是于她是最合式，会使她美如天仙的了。但是以她身子来说，实在是不配的；啊；啊！这才使我恍然大悟，原来是她身子之不配！身子之不配就是在衣裳的蹩脚；所以在理发店里，当我只注意到她的头部时，的确是比以前美，但是一出门，距离一远，我已经看到她头发是她全身的一部分，衣裳与头发之不调和，使我感到她的不好看了；一进这破乱的家里，自然所有的背景更增加了她头发的不美，于是这反而使我感到她丑，只有永远在镜子前单独照自己头发的她才是常感到美的。

于是我轻轻地脱我太太的衣服，我想知道她的裸体是否同这种烫发调和，但是我看到的觉得除了自然的头发才能合于自然的肉体，这种油得发亮的头发，是只与发亮的绸缎衣服相配的。可是我没有法子将这个说给太太听；我想得到太太听了会立刻要一件发亮的衣裳来配她发亮的头发，而不肯将她头发来适应这自然的肉体的。

一个人把裸体看成了罪恶，他会把许多残忍的行为而使身体适合衣裳的需要的，中国人的缠脚，就是要把脚弄小以适应扫地的长衣之飘飘美的，西洋之束腰，也就是要把腰弄细以增加中古时代那种下摆很宽的衣服之婀娜的；我不相信在整个裸体的观觉下，小脚与细腰会是美的条件的。现在的高跟鞋与烫头发虽没有缠脚与束腰之苦，但是在牺牲肉体以适应衣裳终是同一个道理。

衣裳原是人定的，可是现在衣裳是商人在定，商人为他的赚钱的欲望，要使人人都跟他走，今天大花，明天小花；今天长，明年短；今天达而绉，明年万年绒，雇用美女表演时装为他做广告，而叫大家跟；大家跟了，有钱自然跟得着，无钱的就是牺牲了全部劳力，省着住，省着吃，还是跟着了头，跟不着脚；跟着了脚，跟不着身；所以有的新高跟鞋配着脏的破的纱袜，有的小袖时装裹着大袖衬衣……这些都与我太太一般，亮头发配着破衣服，愈扮愈显得丑了。所以在这个资本主义社会里，虽然科学万能，艺术昌明，科学美终不普遍，衣裳的美，只要有钱就办到的，头发的美也是一样，鞋的美更不用说，现在露在外面的只有一个面孔一付腿，而科学美容术，化学的物理的，还可以使人胖使人瘦，使歪变成直，扁的变成圆，但是这些是科学美，是人造美，与这对待的有自然美；自然美就在完全跟不着科学美一群人中，她们强健，太阳是她们胭脂，她们精神有力，长年到头是努力，是愉快，是积极，是笑。前者是婀娜的盆景，后者是挺直的松柏。

于是我看我身边的太太，以今天头发来说，是科学美，以身子说，倒是属于自然的。以盆景比，她还差高跟鞋一双，新式皮领大衣一件，新花旗袍一件，以及羊毛衫裤之类，不胜枚举，这自然是跟不上；以松柏比，她夏天在游泳池虽可以算不弱，春天在网球场里也算能干，曾穿着游泳衣照了相，被称为新女性的健美典型的，可是一到冬天连冷水都不敢洗个脸，因为没有皮领大衣，出门就佝拘头缩颈；两只眼睛虽然也像点秋波，但被朔风一吹，就红得讨厌，又没有汽车遮这个丑。终而言之，她既无科学美，又无自然美，有时想跟跟科学美，于是要烫发了，有时候想学点自然美，于是要去游泳了！结果一样都够不上。

这样我决定偷偷地替太太照一张裸体相，寄到小报上去更正去，证明我太太一点也不美，既不合科学美，又不合自然美，这个更正决不是出什么风头，而是希望朋友不再来看我太太，使我费钱备酒菜，也省得我太太要烫发，要衣裳以及要种种打扮。

说实话，我只是因为穷！

不像情书的情书

周恩来

一

超：

正要洗脸外出，接着你的来信，很高兴，盼望得很久了。你除了与夫人联络外，就安心静养吧，完成两个月计划，会对你以后的工作有利。望你约袁雪芬谈谈，约她于新政协时来平，有可能提她作自由职业代表。妥否，望先与夏衍一谈。

我最近虽忙，精神身体都好。小芳不常见，因她在忙于开会。维世来了几次，只陪主席出去看了一次戏。22 号她将出国，我尚拟见她一次，将你的好意告她。

你看了《西伯利亚交响曲》，我看了《桥》，不知是否同一晚。我那天一直看到天明才回。谢谢楚平报告，不另复她。

来

19 日下午 4 时

二

超：

西子湖边飞来红叶，竟未能迅速回报，有负你的雅意。忙不能做借口。

这次也并未忘怀，只是懒罪该打。你们行后，我并不觉得忙。只天津一日行，忙得不亦乐乎，熟人碰见不少。恰巧张伯苓先一日逝去，我曾去吊唁。他留了遗嘱。我在他的家属亲朋中，说了他的功罪。吊后偕黄敬等往南大、南中一游。

下午，出席了两个干部会讲话，并往述厂、愚如家与几个老同学一叙。晚间在黄敬家小聚，夜车回京。除此事可告外，其他在京三周生活照旧无变化，惟本周连看了三次电影，其中以《两家春》为最好，你过沪时可一看。南方来人及开文来电均说你病中调养得很好，颇慰。

期满归来，海棠桃李均将盛装笑迎主人了。连日风大，不能郊游，我镇日在家。今日苏联大夫来检查，一切如恒。顺问朱、董、张、康等同志好。

祝你日健!

周恩来

1951 年 3 月 17 日

三

超:

昨天得到你 23 日来信，说我写的是不像情书的情书。确实，两星期前，陆璀答应我带信到江南，我当时曾戏言:俏红娘捎带老情书。结果红娘走了，情书依然未写，想见动笔之难。寄来西湖印本，均属旧制，无可观者。望托人拍几个美而有意义的镜头携归，但千万勿拍着西装的西子。

西湖五多，我独选其茶多，如能将植茶、采茶、制茶的全套生产过程探得，你才称得起“茶王”之名，否则，不过是“茶壶”而已。乒乓之戏，确好，待你归来布置。现时已绿满江南，此间方始发青，你如在四月中北归，桃李海棠均将盛开。

我意 4 月中旬是时候了。忙人想病人，总不及病人念忙人的次数多，但想念谁深切，则留待后证了。

周恩来

3 月 31 日望代候各同志

四

超：

等了几天没接到你来电话，今天听说你又病了，甚为惦念。明天当与你通话，希望你能提早回京。我大约可迟到 23 日再走。这几天为报告忙起来了，而国内外又有些文电和事情要办，睡眠便又少了起来。现已夜深，听说明午琮英去穗，写此短笺，聊表怀念。

“三八”之日虽未通话，却签了一个贺片，而且还是三十年前的笔名，你看了也许引起一些回忆。老了，总不免有些回忆。但是这个时代总是要求我们多向前看，多为后代着想，多向青年学习。偶一不注意，便有落后的危险，还得再鼓干劲，前进再前进啊！

问好。

翔宇　1959 年 3 月 18 日夜

见着你，如乌云里见了青天

陆小曼

昨天才写完一信，T 来了，谈了半天。他倒是个很好的朋友，他说他那天在车站看见我的脸吓一跳，苍白得好像死去一般，他知道我那时的心一定难过到极点了。他还说外边谣言极多，有人说我要离婚了，又有人说摩一定是不真爱我，若是真爱决不肯丢我远去的。真可笑，外头人不知道为什么都跟我有缘似的，无论男女都爱将我当一个谈话的好材料，没有可说也是想法造点出来说，真奇怪了。

……摩，为你我还是拼命干一下的好，我要往前走，不管前面有几多的荆棘，我一定直着脖子走，非到筋疲力尽我决不回头的。因为你是真正的认识了我，你不但认识我表面，你还认清了我的内心，我本来老是自恨为什么没有人认识我，为什么人家全拿我当一个只会玩只会穿的女子；可是我虽恨，我并不怪人家，本来人们只看外表，谁又能真生一双妙眼来看透人的内心呢？受着的评论都是自己去换得来的，在这个黑暗的世界有几个是肯拿真性灵透露出来的？像我自己，还不是一样成天埋没了本性以假对人的么？只有你，摩！第一个人能从一切的假言假笑中看透我的真心，认识我的苦痛，叫我怎能不从此收起以往的假而真正的给你一片真呢！我自从认识了你，我就有改变生活的决心，为你我一定认真地做人了。

因为昨晚一宵苦思，今晨又觉满身酸痛，不过我快乐，我得着了一个全静的夜。本来我就最爱清静的夜，静悄悄只有我一个人，只有滴答的钟声做我的良伴，让我爱做什么就做什么，不论坐着，睡着，看书，都是安静的，再无聊时耽着想想，做不到的事情，得不着的快乐，只要能闭着眼像电影似地一幕幕在眼前飞过也是快乐的，至少也能得着片刻的安慰。昨晚想你，想你现在一定已经看得见西伯利亚的白雪了，不过你眼前虽有不容易看得到的美景，可你身旁没有了陪伴你的我，你一定也同我现在一般地感觉着寂寞，一般心内叫着痛苦的吧！我从前常听人言生离死别是人生最难忍受的事情，我老是笑着说人痴情，谁知今天轮到了我身上，才知道人家的话不是虚的，全是从痛苦中得来的实言。我今天才身受着这种说不出叫不明的痛苦，生离已经够受了，死别的味儿想必更不堪设想吧。

回家去陪娘去看病，在车中我又探了探她的口气，我说照这样的日子再往下过，我怕我的身体上要担受不起了。她倒反说我自寻烦恼，自找痛苦，好好的日子不过，一天到晚只是去模仿外国小说上的行为，讲爱情，说什么精神上痛苦不痛苦，那些无味的话有什么道理。本来她在四十多年前就生出来了，我才生了二十多年，二十年内的变化与进步是不可计算的，我们的思想当然不能符合了。她们看来夫荣子贵是女子的莫大幸福，个人的喜、乐、哀、怒是不成问题的，所以也难怪她不能明了我的苦楚。本来人在幼年时灌进脑子里的知识与教育是永不会迁移的，何况是这种封建思想与礼教观念更不容易使她忘记。所以从前多少女子，为了怕人骂，怕人背后批评，甘愿自己牺牲自己的快乐与身体，怨死闺中，要不然就是终身得了不死不活的病，呻吟到死。这一类的可怜女子，我敢说十个里面有九个是自己……，她们可怜，至死还不明白是什么害了她们。

摩！我今天很运气能够遇着你，在我不认识你以前，我的思想，我的观念，也同她们一样，我也是一样的没有勇气，一样的预备就此糊里糊涂地一天天往下过，不问什么快乐什么痛苦，就此埋没了本性过它一辈子完事的；自从见着你，我才像乌云里见了青天，我才知道自埋自身是不应该的，做人为什么不轰轰烈烈地做一番呢？我愿意从此跟你往高处飞，往明处走，永远再不自暴自弃了。

月　下

沈从文

“求你将我放在你心上如印记，带在你臂上如戳记。”我念诵着雅歌来希望你，我的好人。

你的眼睛还没掉转来望我，只起了一个势，我早惊乱得同一只听到弹弓弦子响中的小雀了。我是这样怕与你灵魂接触，因为你太美丽了的缘故。

但这只小雀它愿意常常在弓弦响声下惊惊惶惶乱窜，从惊乱中它已找到更多的舒适快活了。

在青玉色的中天里，那些闪闪烁烁底星群，有你底眼睛存在：因你底眼睛也正是这样闪烁不定，且不要风吹。

在山谷中的溪涧里，那些清莹透明底出山泉，也有你底眼睛存在：你眼睛我记着比这水还清莹透明，流动不止。

我侥幸又见到你一度微笑了，是在那晚风为散放的盆莲旁边。这笑里有清香，我一点都不奇怪，本来你笑时是有种比清香还能沁人心脾的东西！

我见到你笑了，还找不出你的泪来。当我从一面篱笆前过身，见到那些嫩紫色牵牛花上负着的露珠，便想：倘若是她有什么不快事缠上了心，泪珠不是正同这露珠一样美丽，在凉月下会起虹彩吗？

我是那么想着，最后便把那朵牵牛花上的露珠用舌子舔干了。

怎么这人哪，不将我泪珠穿起？你必不会这样来怪我，我实在没有这种本领。我头发白的太多了，纵使我能，也找不到穿它的东西！

病渴的人，每日里身上疼痛，心中悲哀，你当真愿意不愿给渴了的人一点甘露喝？

这如像做好事的善人一样，可怜路人的渴涸，济以茶汤。恩惠将附在这路人心上，做好事的人将蒙福至于永远。

我日里要做工，没有空闲。在夜里得了休息时，便沿着山涧去找你。我不怕虎狼，也不怕伸着两把钳子来吓我的蝎子，只想在月下见你一面。

碰到许多打起小小火把夜游的萤火，问它，“朋友朋友，你曾见过一个人吗?”它说，“你找那个人是个什么样子呢?”

我指那些闪闪烁烁的群星，“哪，这是眼睛。”

我指那些飘忽白云，“哪，这是衣裳。”

我要它静心去听那些涧泉和音，“哪，她声音同这一样。”

我末了把刚从花园内摘来那朵粉红玫瑰在它眼前晃了一下，“哪，这是脸。”

这些小东西，虽不知道什么叫做骄傲，还老老实实听我所说的话。但当我问它听清白没有，只把头摇了摇就想跑。

“怎么，究竟见不见到呢?”——我赶着它追问。

“我这灯笼照我自己全身还不够！先生，放我吧，不然，我会又要绊倒在那些不忠厚的蜘蛛设就的圈套里……虽然它也不能奈何我，但我不愿意同它麻烦。先生，你还是问别个吧，再扯着我会赶不上她们了”——它跑去了。

我行步迟钝，不能同它们一起遍山遍野去找你——但凡是山上有月色流注到的地方我都到了，不见你底踪迹。

回过头去，听那边山下有歌声飘扬过来，这歌声出于日光只能在墙外徘徊的狱中。我跑去为他们祝福：

你那些强健无知的公绵羊啊！
神给了你强健却吝了知识：
每日和平守分地咀嚼主人给你们的窝窝头，
疾病与忧愁永不凭附于身；
你们是有福了——阿们！

你那些懦弱无知的母绵羊啊！
神给了你温柔却吝了知识：
每日和平守分地咀嚼主人给你们的窝窝头，
失望与忧愁永不凭附于身；
你们也是有福了——阿们！

世界之霉一时侵不到你们身上，
你们但和平守分的生息在圈牢里：

能证明你主人底恩惠——

同时证明了你主人底富有；

你们都是有福了——阿们！

当我起身时，有两行眼泪挂在脸上。为别人流还是为自己流呢？我自己还要问他人。但这时除了中天那轮凉月外，没有能做证明的人。

我要在你眼波中去洗我的手，摩到你的眼睛，太冷了。

倘若你的眼睛真是这样冷，在你鉴照下，有个人的心会结成冰。

执手风雨

她离开我十二年了。十二年，多么长的日日夜夜！每次我回到家门口，眼前就出现一张笑脸，一个亲切的声音向我迎来，可是走进院子，却只见一些高高矮矮的没有花的绿树。

致亡妻

蔡元培

鸣呼！仲玉，竟舍我而先逝耶：自汝与我结婚以来，才二十年，累汝以儿女，累汝以家计，累汝以国内、国外之奔走，累汝以贫困，累汝以忧患，使汝善书、善画、善为美术之天才，竟不能无限发展，而且积劳成疾，以不得尽汝之天年。呜呼！我之负汝何如耶！

我与汝结婚之后，屡与汝别，留青岛三月，留北京译学馆半年，留德意志四年，革命以后，留南京及北京阅月，前年留杭县四月，加以其他短期之旅行，二十年中，与汝欢聚者不过十二三年耳。呜呼！孰意汝舍我如是其速耶！

凡我与汝别，汝往往大病，然不久即愈。我此次往湖南而汝病，我归汝病剧，及汝病渐痊，医生谓不日可以康复，我始敢放胆而为此长期之旅行。岂意我别汝而汝病加剧，以至于死，而我竟不得与汝一诀耶！我将往湖南，汝恐我不及再回北京，先为我料理行装，一切完备。我今所服用者，何一非汝所采购，汝所整理！处处触目伤心，我其何以堪耶！

汝孝于亲，睦于弟妹，慈于子女。我不知汝临终时，一念及汝死后老父、老母之悲切，弟妹之伤悼，稚女、幼儿之哀痛，汝心其何以堪耶！汝时时在纷华靡丽之场，内之若上海及北京，外之若柏林及巴黎，我间欲为汝购置稍稍入时之衣饰，偕往普通之场所，而汝辄不愿。对于北京妇女以酒食赌博相征逐，或假公益之名以骛声气而因缘为利者，尤慎避之，不敢与往来。常克勤克俭以养我之廉，以端正子女之习惯。呜呼！我之感汝何如，而意不得一当以报汝耶！汝爱我以德，无微不至。对于我之饮食、起居、疾痛、疴养，时时悬念，所不待言。对于我所信仰之主义，我所信仰之朋友，或所见不与我同，常加规劝，我或不能领受，以至与汝争论；我事后辄非常悔恨，以为何不稍稍忍耐，以免伤汝之心。呜呼！而今而后，再欲闻汝之规劝而不可得矣，我惟有时时铭记汝往日之言以自检耳。

汝病剧时，劝我按预约之期以行，而我不肯。汝自料不免于死，常祈速死，以免误我之行期。我当时认为此不过病中愤感之谈，及汝小愈，则亦置之。呜呼！岂意汝以小愈促我行，而意不免死于我行以后耶！

我自行后，念汝病，时时不宁。去年 11 月 26 日，在舶中发一无线电于蒋君，询汝近况，冀得一痊愈之消息以告慰，而复电仅言小愈；我意非痊愈，则必加剧，小愈必加剧之讳言，聊以宽我耳，我于是益益不宁。到里昂后，即发一电于李君，询汝近况，又久不得复。直至我已由里昂而巴黎，而瑞士，始由里昂转到谭、蒋二君之电，始知汝竟于我到巴黎之次日，已舍我而长逝矣！呜呼！我之旅行，为对社会应尽之义务，本不能以私废公；然迟速之间，未尝无商量之余地。尔时，李夫人曾劝我展缓行期，我竟误信医生之言决行，致不得调护汝以蕲免于死。呜呼！我负汝如此，我虽追悔，其尚可及耶！

我得电时，距汝死已八日矣。我既无法速归，归亦已无济于事；我不能不按我预定计划，尽应尽之义务而后归。呜呼！汝如有知，能不责我负心耶！汝年爱者，老父、老母也，我祝二老永远健康，以副汝之爱。汝所爱者，我也，我当善自保养，尽力于社会，以副汝之爱。汝所爱者，威廉（蔡元培的女儿）也，柏龄（蔡元培的儿子）也，现在托庇于汝之爱妹，爱护周至，必不让于汝。我回国以后，必躬自抚养，使得受完全教育，为世界上有价值之人物，有的贡献于世界，以为汝母教之纪念，以副汝之爱。呜呼！我所以慰汝者，如此而已。汝如有知，其能满意否耶！

汝自幼受妇德之教育，居恒慕古烈妇人之所为。自与我结婚以后，见我多病而常冒危险，常与我约，我死则汝必以身殉。我谆谆劝汝，万不可如此，宜善抚子女，以尽汝之母之天职。呜呼！孰意我尚未死，而汝竟先我而死耶！我守我劝汝之言，不敢以身殉汝。然后早衰而多感，我有生之年，亦复易尽；死而有知，我与汝聚首之日不远矣。

呜呼！死者果有知耶？我平日决不敢信；死者果无知耶！我今日为汝而不敢信；我今日惟有认汝为有知，而与汝作此最后之通讯，以稍稍纾我之悲悔耳！呜呼！仲玉！

汝夫蔡元培

1921 年 1 月 9 日

给亡妇

朱自清

谦，日子真快，一眨眼你已经死了三个年头了。这三年里世事不知变化了多少回，但你未必注意这些个，我知道。你第一惦记的是你几个孩子，第二便轮着我。孩子和我平分你的世界，你在日如此；你死后若还有知，想来还如此的。告诉你，我夏天回家来着：迈儿长得结实极了，比我高一个头。闰儿，父亲说是最乖，可是没有先前胖了。采芷和转子都好。五儿全家夸她长得好看；却在腿上生了湿疮，整天坐在竹床上不能下来，看了怪可怜的。六儿，我怎么说好，你明白，你临终时也和母亲谈过，这孩子是只可以养着玩儿的，他左挨右挨，去年春天，到底没有挨过去。这孩子生了几个月，你的肺病就重起来了。我劝你少亲近他，只监督着老妈子照管就行。你总是忍不住，一会儿提，一会儿抱的。可是你病中为他操的那一分儿心也够瞧的。那一个夏天他病的时候多，你成天儿忙着，汤呀，药呀，冷呀，暖呀，连觉也没有好好儿睡过。那里有一分一毫想着你自己。瞧着他硬朗点儿你就乐，干枯的笑容在黄蜡般的脸上，我只有暗中叹气而已。

从来想不到做母亲的要像你这样。从迈儿起，你总是自己喂乳，一连四个都这样，你起初不知道按钟点儿喂，后来知道了，却又弄不惯；孩子们每夜里几次将你哭醒了。特别是闷热的夏季。我瞧你的觉老没睡足。白天里还得做菜，照料孩子，很少得空儿。你的身子本来坏，四个孩子就累你七八年。到了第五个，你自己实在不成了，又没乳，只好自己喂奶粉，另雇老妈子专管她。但孩子跟老妈子睡，你就没有放过心；夜里一听见哭，就竖起耳朵听，工夫一大就得过去看。十六年初，和你到北京来，将迈儿转子留在家里；三年多还不能去接他们，可真把你惦记苦了。你并不常提，我却明白。你后来说，你的病就是惦记出来的；那个自然也有分儿，不过大半还是养育孩子累的。你的短短的十二年结婚生活，有十一年耗费在孩子们身上；而你一点不厌倦，有多少力量用多少，一直到自己毁灭为止。你对孩子一般儿爱，不问男的女的，大的小的。也不想到什么“养儿防老，积谷防饥”，只拼命的爱去。你对于教育老实说有些外行，孩子们只要吃得好玩得好就成了。这也难怪你，你自己便是这样长大的。况且孩子们原都还小，吃和玩本来也要紧的。你病重的时候最放不下的还是孩子。病的只剩皮包着骨头了，总不信自己不会好；老说：“我死了，这一大群孩子可苦了。”后来说送你回家，你想着可以看见迈儿和转子，也愿意；你万不想到会一去不返的。我送车的时候，你忍不住哭了，说“还不知能不能再见？”可怜，你的心我知道，你满想着好好儿带着六个孩子回来见我的。谦，你那时一定这样想，一定的。

除了孩子，你心里只有我。不错，那时你父亲还在。可是你母亲死了，他另有个女人，你老早就觉得隔了一层似的。出嫁后第一年你虽还一心一意依恋着他老人家，到第二年上我和孩子可就将你的心占住，你再没有多少工夫惦记他了。你还记得第一年我在北京，你在家里，家里来信说你待不住，常回娘家去。我动气了，马上写信责备你。你教人写了一封复信，说家里有事，不能不回去。这是你第一次也可以说第末次的抗议，我从此就没给你写信。暑假时带了一肚子主意回去，但见了面，看你一脸笑，也就拉倒了。打这时候起，你渐渐从你父亲的怀里跑到我这儿。你换了金镯子帮助我的学费，叫我以后还你；但直到你死，我没有还你。你在我家受了许多气，又因为我家的缘故受你家里的气，你都忍着。这全为的是我，我知道。那回我从家乡一个中学半途辞职出走。家里人讽你也走。那里走！只得硬着头皮往你家去。那时你家像个冰窖子，你们在窖里足足住了三个月。好容易我才将你们领出来了，一同上外省去。小家庭这样组织起来了。你虽不是什么阔小姐，可也是自小娇生惯养的。做起主妇来，什么都得干一两手；你居然做下去了，而且高高兴兴地做下去了。菜照例满是你做，可是吃的都是我们；你至多夹上两三筷子就算了。你的菜做得不坏，有一位老在行大大地夸奖过你，你洗衣服也不错，夏天我的绸大褂大概总是你亲自动手。你在家老不乐意闲着；坐前几个“月子”，老是四五天就起床，说是躺着家里事没条没理的。其实你起来也还不是没条理；咱们家那么多孩子，那儿来条理？在浙江住的时候，逃过两回兵难，我都在北平。真亏你领着母亲和一群孩子东藏西躲的；末一回还要走多少里路，翻一道大岭。这两回差不多只靠你一个人。你不但带了母亲和孩子们，还带了我一箱箱的书；你知道我是最爱书的。在短短的十二年里，你操的心比人家一辈子还多；谦，你那样身子怎么经得住！你将我的责任一股脑儿担负了去，压死了你；我如何对得起你！

你为我的捞什子书也费了不少神；第一回让你父亲的男佣人从家乡捎到上海去。他说了几句闲话，你气得在你父亲面前哭了。第二回是带着逃难，别人都说你傻子。你有你的想头：“没有书怎么教书？况且他又爱这个玩意儿。”其实你没有晓得，那些书丢了也并不可惜；不过教你怎么晓得，我平常从来没和你谈过这些个！总而言之，你的心是可感谢的。这十二年里你为我吃的苦真不少，可是没有过几天好日子。我们在一起住，算来也还不到五个年头。无论日子怎么坏，无论是离是合，你从来没对我发过脾气，连一句怨言也没有——别说怨我，就是怨命也没有过。老实说，我的脾气可不太好，迁怒的事儿有的是。那些时候，你往往抽噎着流眼泪，从不回嘴，也不号啕。不过我也只信得过你一个人，有些话我只和你一个人说，因为世界上只你一个人真关心我，真同情我。你不但为我吃苦，更为我分苦；我之有我现在的精神，大半是你给我培养着的。这些年来我很少生病。但我最不耐烦生病，生了病就呻吟不绝，闹那侍候病的人。你是领教过一回的，那回只一两点钟，可是也够麻烦了。你常生病，却总不开口，挣扎着起来；一来怕扰我，二来怕没人做你那分儿事。我有一个坏脾气，怕听人生病，也是真的。后来你天天发烧，自己还以为南方带来的疟疾，一直瞒着我。明明躺着，听见我的脚步，一骨碌就坐起来。我渐渐有些奇怪，让大夫一瞧，这可糟了，你的一个肺已烂了一个大窟窿了！大夫劝你到西山去静养，你丢不下孩子，又舍不得钱；劝你在家里躺着，你也丢不下那分儿家务。越看越不行了，这才送你回去。明知凶多吉少，想不到只一个月工夫你就完了！本来盼望还见得着你，这一来可拉倒了。你也何尝想到这个?父亲告诉我，你回家独住着一所小住宅，还嫌没有客厅，怕我回去不便哪。

前年夏天回家，上你坟上去了。你睡在祖父母的下首，想来还不孤单的。只是当年祖父母的坟太小了，你正睡在圹底下。这叫做“抗圹”，在生人看来是不安心的；等着想办法罢。那时圹上圹下密密地长着青草，朝露浸湿了我的布鞋。你刚埋了半年多，只有圹下多出一块土，别的全然看不出新坟的样子。我和隐今夏回去，本想到你的坟上来；因为她病了没来成。我们想告诉你，五个孩子都好，我们一定尽心教养他们，让他们对得起死了的母亲——你！谦，好好儿放心安睡罢，你。

一个小农家的暮

刘半农

她在灶下煮饭，
新砍的山柴，
必必剥剥的响。
灶门里嫣红的火光，
闪着她嫣红的脸，
闪红了她青布的衣裳。
他衔着个十年的烟斗，
慢慢地从田里回来；
屋角里挂去了锄头，
便坐在稻床上，

调弄着只亲人的狗。
他还踱到栏里去，
看一看他的牛，
回头向她说：
“怎样了——
我们新酿的酒?”
门对面青山的顶上，
松树的尖头，
已露出了半轮的月亮。

孩子们在场上看着月，
还数着天上的星：
“一，二，三，四……”
“五，八，六，两……”

他们数，他们唱：
“地上人多心不平，
天上星多月不亮。”

灯

缪崇群

我喜欢任何种的和任何式样的灯，一点点的火光或是照耀的明亮，它们都可以渗透了黑暗，给莫测的黑暗添生了眼睛——任何在黑暗中闪烁的眼睛，不都是美丽的，令人感激的么？

我爱灯，爱光，那是因为灯正嵌在黑暗里，我们爱美，爱女人，那是因为她们的眼睛要是顶大的，顶黑的，而且是顶会闪亮，顶会流动顾盼的。

灯里发出热力，正如同眼睛里藏着爱情。

眼睛，其实就是人们的心灵的灯。

我不能忘记这一夜：天上没有星光，也没有月亮；一阵阵的细雨过后，地上还有些泥泞，我第一次那么小心翼翼地，为她提着一个小小的玻璃灯，伴送着她归去。

我们还是刚认识不久的；不是为着欢偷的追逐，而是偶然地相遇于我们的不幸的命运的途中。然而，在这样阴霾黑暗的夜晚，彼此却好像消失了一些勇气，也没有了什么较多的话语。

灯光只照着一条泥泞坡路上的一小片的地方；我们随行，它也随移着。光辐仅仅是这般微弱，除了看到我的一双皮鞋，和她的两只小脚之外，其余的两个人身，和两个人的影子，却都溶混在一团黑暗里。不过我已经看清楚了：两对脚，不前不后地轻轻错落着，好像惟恐踩破了什么，惟恐踏重了便会听不出心的跳动，便会扰害了夜的静默。

同样的步子，同一个方向，在同一条路上——然而这条路还是该被诅咒的！为什么它只有这般短？不能让我们并着肩再多走一程？不能让我们的足迹再延长一些，再印远一些呢？

“到了。”她低声他说。

我先停下步子，她也驻了足。

她走上石阶，轻轻地敲着门。门里面不久便有了应声。

“再进来坐坐吧?”她转身来问。

“不了。”我回答，却是经了一次踌躇的。于是随手递还她那只小灯。

“天很黑，你回去还要照路的。

陡地我才想起了自己归去的那一条孤独的黑暗的路途。

我收回手，正想谢谢她；当我抬起头来看见黑暗中有一对闪亮的眼睛时，我又缄默了。

带着她那只小小的灯，我一个人跄跄踉踉地回来了。我从遥远地方才听见她那扇门扉被关阖起来的声响。

当我就寝的时刻，我还不忍把这只小灯骤然地吹熄，虽然只有一点点的微光，而那里面也依然发着热力的。

这一夜，我的梦，也不再是迷失了途径的；我应该感谢，永远地感谢：那一对在黑暗中闪亮的眼睛，照临了我，伴送了我!

惟有藏着爱情的眼睛才是闪亮的!

我所铭感的就是这只心灵的灯!

家书一封

老　舍

××：

接到信，甚慰！济与乙都去上学，好极！唯儿女聪明不齐，不可勉强，致有损身心。我想，他们能粗识几个字，会点加减法，知道一点历史，便已够了。只要身体强壮，将来能学一份手艺，即可谋生，不必非入大学不可。假若看到我的女儿会跳舞演讲，有作明星的希望，我的男孩能体健如牛，吃得苦，受得累，我必非常欢喜！我愿自己的儿女能以血汗挣饭吃，一个诚实的车夫或工人一定强于一个贪官污吏，你说是不是？教他们多游戏，不要紧逼他们读书习字；书呆子无机会腾达，有机会作官，则必贪污误国，甚为可怕!

至于小雨，更宜多玩耍，不可教她识字；她才刚四岁呀！每见摩登夫妇，教三四岁小孩识字号，客来则表演一番，是以儿童为玩物，而忘了儿童的身心教育甚慢，不可助长也。

我近来身体稍强，食眠都好，唯仍未敢放胆写作，怕再患头晕也。给我看病的是一位熟大夫，医道高，负责任，他不收我的诊费，而且照原价卖给我药品，真可感激！前几天，他给我检查身体，说：已无大病，只是亏弱，需再打一两打补血针。现已开始。病中，才知道身体的重要。没有它，即使是圣人也一筹莫展!

春来了，我的阴暗的卧室已有阳光，桌上边有一枝桃花插在曲酒瓶中。

祝你健康！代我吻吻儿女们!

舍上，三，十。

莲花落

穆时英

飘泊着，秋天那黄叶子似地，一重山又一重山，一道水又一道水——我们是两个人。

和一副檀板，一把胡琴，一同地，从这座城到那座城，在草屋子的柴门前，在嵌在宫墙中间的黑漆大门前，在街上，在考场里，我们唱着莲花落，向人家化一个铜子，化一杯羹，化一碗冷饭——我们是两个人。

是的，我们是两个人，可是她在昨天死了。

是二十年前，那时我的头发还和我的眼珠子那么黑，大兵把我的家轰了。一家人死的死了，跑的跑了，全不知哪去啦，我独自个儿往南跑，跑到傍晚时真跑累了，就跑到前面那只凉亭那儿去。就在那儿我碰到了她。她在里边，坐在地上哭，哭得抽抽咽咽的。我那时候儿还怕羞，离远些坐了下来。她偷偷儿地瞧了瞧我，哭声低了些。我心里想：劝劝她吧！这姑娘怎么一个人在这儿哭。

“别哭了，姑娘！哭什么呢！”我坐在老远的跟她说。

她不作声还是哭，索性哭得更高声点儿。这事情不是糟了吗？我不敢再说话。我往凉亭外面望，不敢望她。天是暗了，有一只弯月照着那些田。近的远的，我找不到一点火。一只狗子站在亭外面冲着我望，我记得还是只黑狗。我们家里也有只黑狗，我们的牛是黄的，还有一只黑鸡，毛长得好看，想杀它三年了没忍心杀它。我们还有只花猫，妹妹顶爱那只猫，爹顶恨说它爱偷嘴，可是妈妈是爱妹妹的，爹是爱我的。那只花猫偷吃了东西，爸要砍它脑袋，妹妹抱住了不放，爹就打她，妈听见她哭就打我，我一闹，爹和妈就斗起嘴来了。可是爹哪去了？妈和妹妹哪去了？还有那只黑狗，那只黄牛，那只花猫呢？它们哪去了？

我想着想着也想哭了，她却不知什么时候停了的，不哭啦。我把脑袋回过去瞧了瞧，她也赶忙把脑袋回过去，怕难为情，不让我瞧她的脸，我便从后边儿瞧着她。她在那儿不知道在吃什么，吃得够香甜的，咽的，我咽了口儿粘涎子，深夜里听起来，像打了个雷似的。她回过脑袋来瞧，我不知怎么的咽的又咽了口儿粘涎子，她噗哧的笑出来啦，我好难为情！她拿出个馍馍来，老远的伸着胳膊拿着。我也顾不得难为情，红着脸跑过去就吃，也不敢说话。吃完了便看着她吃，她还有五个。她一抬脑袋，我连忙把眼光歪到一边。她却又拿了一个给我，我脸上真红热的了不得。

“多谢你!”我说。

吃完了，她又给了我两个。

“真多谢你!”我说。

“还要不要?”

我怎么能说还不够呢？我说够了。

“不饿吗，那么个男儿汉吃这么一些。”

“不饿，你怎么会独自个儿在这儿的呢?”

“一家子全死完咧!”她眼皮儿一红，又想哭啦。我赶忙不做声，过了回儿，等她好了，我才说道：“怎么呢？”

“他们打仗，把我们一家子全打完咧。”

“你到哪儿去呢？”

“我能到哪儿去呢？”

“你打算逃哪儿去？”

“我没打算往哪儿逃，带了几个馍馍，一跑就跑到这儿来啦，你呢？”

“我连粮食也没带，没叫大兵给打死，还是大运气，那能打算往哪儿跑？跑到哪儿算哪儿罢咧。”

那时候儿我和她越坐越近了，我手一摆，碰了她的手，我一笑，很不好意思的挪了挪身子。

“你还是坐远点儿吧？”

我便挪开些，老远的对坐着说话儿。

时候可真不早了，天上的星密得厉害，你挤我，我挤你，想把谁挤下来似的。凉亭外面的草全在露水里湿着，远处几棵倒生的树向月亮伸着枝干。一阵阵风吹过来，我也觉得有点儿冷。亭子外边儿一只夜鸟叫了一声儿，那声气够怪的，象鬼哭，叫人心寒，接着就是一阵风。她把脖子一缩，哆嗦了一下。我瞧了她一眼。

“你还是坐过来些吧?”她说。

“你冷吗?”

“我害怕。”

我挪过去贴着她坐下了，我刚贴着她的身子，她便一缩道:“你不会?”瞧着我。

我摇了摇头。

她便靠在我身上道:“我累了!”

就闭上了眼。

我瞧着她，把我的疲乏，把我的寂寞全丢了。我想，我不是独自个儿活在世上咧，我是和她一同地在这亭子里——我们是两个人。

第二天起来，她有了焦红的腮帮儿，散了的眉毛，她眼珠子里的处女味昨儿晚上给贼偷了。她望了望天，望了望太阳，又望了望我，猛的掩着脸哭了起来。我不敢做声，我知道自家做错了事。她哭了好一回，才抬起脑袋来，拿手指指着我的鼻子道："都是你!"

我低下了脑袋。

"你说不会的。"

"我想不到。"

她又哭，哭了一回儿道："叫我怎么呢?"

"我们一块儿走吧!"

我们就一同往南走。也不知跑哪儿走，路上她不说话，我也不敢说话。走到一家镇上，她说："我真饿了。"我就跑到一家大饼铺子那儿，跟那个掌柜的求着道："先生，可怜见我，饿坏了。全家给大兵打了，跪了一天一晚，没东西吃。"那掌柜的就象没听见。我只得走了开来，她站在那儿拐弯角儿上，用埋怨的脸色等着我，我没法儿，走到一家绸缎铺子前面，不知怎么的想起了莲花落，便低了脑袋:

嗳呀嗳子喂！

花开梅花落呀，

一开一朵梅花！

腊梅花！

我觉得脸在红起来，旁边有许多人在围着看我；我真想钻到地下去。这时候儿我猛的听见还有一个人在跟着我唱，一瞧，却是她，不知那儿弄来的两块破竹片，拿在手里，的的得得地拍着。我气壮了起来，马上挺起了胸子，抬起脑袋来，高声儿的唱着莲花落——我们是两个人在唱着。

就从那天起，漂泊着，秋叶似地，从这座城到那座城。后来我们又弄到了一把破胡琴，便和一把胡琴，一副檀板，一同地，一重山又一重山，一道水又一道水，在草屋子的柴门前面，在黑漆的大门前面，我们唱着莲花落。

昨天晚上，我们坐在一条小胡同里。她有点寒热，偎在我的身旁，看了我的头发道："你的头发也有点儿灰了。"

"可不是吗，四十多了，那能叫头发不白。"

"我们从凉亭里跑出来，到现在有二十多年，快三十年咧。光阴过得真快呀！你还记得吗，有一年我们在河南，三天没讨到东西吃，你那当儿火气大极了，不知怎么一来就打了我，把我腰那儿打得一大块青！你还记得吗？”

“你不是还把我的脸抓破了吗？”

“在凉亭里那晚上不也很像今儿吗？”

我抬起脑袋来：在屋檐那儿，是一只弯月亮，把黑瓦全照成银色的。

“可是我真倦了！”她把脑袋靠在我肩上，好重。

我也没理会，只管看月亮，可是她就那么地死去咧。

和一副檀板，一把胡琴，一同地，一道水又一道水，一重山又一重山，在草屋子的柴门前面，在黑漆大门前面，在街上，在麦场里，我们一同地唱着莲花落。我们在一块儿笑一块儿哭，一块儿叹息，一块儿抹眼泪：世界上有个我，还有个她——我们是两个人。

是的，我们是两个人，可是她在昨天晚上死了。

一切只是为你

闻一多

(一)

亲爱的妻：

这时他们都出去了，我一人在屋里，静极了，静极了，我在想你，我亲爱的妻。我不晓得我是这样无用的人，你一去了，我就如同落了魂一样。我什么也不能做。前回我骂一个学生为恋爱问题读书不努力，今天才知道我自己也一样。这几天忧国忧家，然而最不快的，是你不在我身边。

亲爱的，我不怕死，只要我俩死在一起。我的心肝，我亲爱的妹妹，你在哪里？从此我再不放你离开我一天，我的肉，我的心肝！你一哥在想你，想得要死！亲爱的：午睡醒来，我又在想你。时局确乎要平静下来，我现在一心一意盼望你回来，我的心这时安静了好多。

1926 年 7 月 16 日

（二）

妹：

今天早晨起来拔了半天草，心里想到等你回来看着高兴，荷花也放了苞，大概也要等你回来开，一切都是为你。

1937 年 17 日早

（三）

贞：

此次出门来，本不同平常，你们一切都时时在我挂念之中，因此盼望家信之切，自亦与平常不同。然而除三哥为立恕的事，来过两封信外，离家将近一月，未接家中一字。这是什么缘故？出门以前，曾经跟你说过许多话，你难道还没有了解我的苦衷吗？出这样的远门，谁情愿，尤其在这种时候？

一个男人在外边奔走。千辛万苦，不外是名与利。名也许是我个人的事，但名是我已经有了的，并且在家里反正有书可读，所以在家里并不妨害我得名。这回出来唯一目的，当然为的是利。讲到利，却不是我个人的事，而是为你我，和你我的儿女。何况所谓利，也并不是什么分外的利，只是求将来得一温饱，和儿女的教育费而已。这道理很简单，如果你还不了解我，那也太不近人情了！这里清华北大南开三个学校的教职员，不下数百人，谁不抛开妻子跟着学校跑？连以前打算离校，或已经离校了的，现在也回来一齐去了。你或者怪了我没有就汉口的事，但是我一生不愿做官，也实在不是做官的人，你不应勉强一个人做他不能做不愿做的事。我不知道这封信写给你，有用没有。如果你真是不能回心转意，我又有什么办法？儿女们又小，他们不懂，我有苦向谁诉去？

那天动身的时候，他们都睡着了，我想如果不叫醒他们，说我走了，恐怕第二天他们起来，不看见我，心里失望，所以我把他们一个个叫醒，跟他说我走了，叫他再睡。但是叫到小弟，话没有说完，喉咙管硬了，说不出来，所以大妹我没有叫，实在是不能叫。本来还想嘱咐赵妈几句，索性也不说了。我到母亲那里去的时候，不记得说了些什么话，我难过极了。出了一生的门，现在更不是小孩子，然而一上轿子，我就哭了。母亲这大年纪，披着衣裳坐在床边，父亲和驷弟半夜三更送我出大门，那时你不知道是在睡觉呢还是生气。现在这样久了，自己没有一封信来，也没有叫鹤、雕随便画几个字来。我也常想到，40 岁的人，何以这样心软。但是出门的人盼望家信，你能说是过分吗？

到昆明须四十余日，那么这四十余日中是无法接到你的信的。如果你马上就发信到昆明，那样我一到昆明，就可以看到你的信。不然，你就当我已经死了，以后也永远不必写信来。

多

1938 年 2 月 15 日

（四）

贞：

在昆明所发航空信想已收到。我们 5 月 3 日启程来蒙自，当日在开远住宿（前信说在壁虱寨，错误），次日至壁虱寨（地图或称碧色寨）换车，行半小时，即抵蒙自。到此，果有你们的信四封之多，三千余里之辛苦，得此犒赏，于愿足矣！你说以后每星期写一信来，更使我喜出望外。希望你不失信。如果你每星期真有一封信来，我发誓也每星期回你一封。在先总以为蒙自地方甚大，到此大失所望。数十年前，蒙自本是云南省内第一个繁荣的城市。但当法国人修滇越铁路的时候，愚蠢的蒙自人不知为何誓死反对他通过。于是铁路绕道由壁虱寨经过，于是蒙自的商务都被开远与昆明占去，而自已渐渐变为一个死城了。到如今，这里没有一家饭馆，没有澡堂，文具店里没有浆糊与拍纸簿，广货店里没有帐子。

这都是我到此后急于需要的东西，而发现他都没有。然而有些现象又非常奇怪。这里有的是大洋楼，例如法国海关，法国医院，歌胪士洋行等等，都是关着门没有人住的高楼大厦，现在都以每年三两元的租金租给联合大学作校舍了。自从蒙自觉悟当初反对铁路通过之失策，于是中国自已筑了一条轻便铁道，从壁虱寨经过蒙自与个旧，以至石（屏），名曰壁个石铁路，（我们从壁虱寨换车来到蒙自，便是这条铁路。）但是蒙自觉悟太晚了，他的繁荣仍旧无法挽回。直到今天，三百多学生，几十个教职员，因国难关系，逃到这里来讲学，总算给蒙自一阵意外的热闹，可惜这局面是暂时的，而且对于蒙自的补益也有限。总之，蒙自地方很小，生活很简单。因为有些东西本地人用不着，我们却不能不用的，这些东西都是外来的，价钱特别贵，所以我们初到此需要一笔颇大的“开办费”。但这些东西办够了，以后恐怕就有钱无处用了，归根的讲，我们住蒙自还是比住昆明省强。

前天经过开远的时候，遇见殷先生全家新从海道来，往昆明去。殷太太当然问起你，殷益蕃和他们大妹望着我笑，虽然没有说话，但我明白他们心里是在说“闻立鹤闻立雕呢?”余肇池先生现在就住在我隔壁，余太太和他们全家住在昆明，大概不搬到蒙自来，反正蒙自到昆明，快车只一天路程。张荫麟在昆明，他太太住在香港，暂时不来。汪一彪在昆明，太太快来了。此外一时想不起，就住在我隔壁房间的讲，陈寅恪浦薛凤沈乃正家眷都未来。但也有租好房子，打算接家眷的，如朱佩弦王化成等是也。问你安好！

多

1938 年 5 月 5 日

(五)

贞：

今天接到你 6 月 24 日的信，说三四日内动身来省，现在想已来到，婆婆想已去沙洋，爹爹何时来省，细叔现在何处，来函盼告我。武汉局势暂时似不要紧，近日敌机仿佛也不大到武汉来，你们暂时在武昌住下再说，万一空袭来得厉害，就往咸宁躲一躲，请大舅在武昌我家暂住，以便照料。旧衣服可先寄来，我需要的裤褂以及你们应添的衣服，若来得及，无妨做起来，也由邮局寄来，上次信上说到学校迁移的事，究竟迁到什么地方，现在尚未决定。如果在昆明附近，我们还是住昆明，但我一时又不能到昆明去找房子，25 日考大考，我大概要月底把卷子看完，才能离开蒙自，你们最好也在月底动身，汽车票听说要早买，或者月半前后请大舅上长沙去一趟，把票先买回来，亦无不可。将来走时，仍请大舅送至长沙，到贵阳可我我的同班聂君照料，下次我再寄一封介绍信来。

细叔的事大致无问题，上次信中已说过，细娘是否同来，关于他们的情形，来信请告诉我，以便好找房子，现在计划已经大致决定，我想你心里可以高兴点，只再等一个月，我们就可见面，这次你来了，以后我当然决不再离开你，无论如何，我决不再离开你一步，我想，你也是这样想吧？叫孩子们放乖些，鹤、雕读书写字不可间断，前回信上说你又有些发心慌，现在好了没有？

多

1938 年 7 月 1 日

日前请三哥定《大公报》，如未定，请不要定了。

黄昏恋情书五扎

梁实秋

1. 我的心容不得一点创伤

菁清：

昨宵我们去吃烤肉，我本来是高兴，我不该逼你说一些话，结果是黯然神伤，“自讨苦吃”。请你原谅我，我的心容不得一点创伤，虽然是往事前尘。

你应该去拍外景，可以学习一点技巧，同时在外跋涉二十天对你的身体健康也有益处，你平素的生活太缺运动，藉此可稍得补偿，同时你又喜欢山水，藉此可远离尘嚣，但是你不去，你不去的缘故我知道，我还有二十几天的勾留，好象是已快到了“读秒”的阶段。我已经开始感到恐慌，你呢？你昨晚对我说，你想不到飞机场送我，我没作声，一切尽在不言中。你去，或不去，对我而言，都是一件苦痛的感受，这件事由你到时候自已决定罢。

我遇见你，
你遇见我，
我俩相逢像传奇。

你靠近我，
我靠近你，
我俩从此不分离。

我愿你在我走前唱给我听。要音乐伴奏？我的心颤动声，我的叹息声，还不够么？

你说“我有秋恋，我应恋秋”，如今每天写信给你，每天前去看你的便是你的——秋

六三年十二月十日晨六时

2. 凤凰在火中新生

菁清：

昨天睡得时间不久，但是很甜。我从来没戴过指环，现在觉得手指上添了一个新的东西，是一个负担，是一种束缚，但是使我安全的睡了一大觉。小儿睡在母亲的怀里，是一幅纯洁而幸福的图画，我昨晚有类似的感觉，“像是真的一样”。手表夜里可以发光，实在是好，我特别珍视它，因为你告诉我你曾经戴过它，我也特别羡慕它，嫉妒它，因为它曾亲近过你的肤泽，我昨天太兴奋，所以在国宾饮咖啡时就突然头昏，这是我没有过的经验，我无法形容我的感受。凤凰引火自焚，然后有一个新生。我也是自己捡起柴木，煽动火焰，开始焚烧我自己，但愿我能把以往烧成灰，从新开始新的生活——也即是你所谓的“自讨苦吃”。我看“苦”是吃定了。

你给我煮的水饺，鸡汤，乃是我在你的房里第一次的享受，尤其是那一瓶 Royal Salute，若不是有第三者在场，我将不准你使用两只漂亮的酒杯——一只就足够了。你喝酒之后脸上有一点红，我脸上虽然没有红，心里像火烧一样。以后我们在单独的时候，或在众多人群中，我们绝不饮酒，亲亲，记住我的话。只有在我们二人相对的时候可以共饮一杯。这是我的恳求，务必答应我。我暂离开的期间，我要在那酒瓶上加一封条。亲亲，我的心已经乱了，离愁已开始威胁我，上天不仁，残酷乃尔！我今天提早睡午觉，以便及时飞到你的身边，同时不因牺牲午觉而受你的呵斥！亲亲，我的可爱的孩子！

梁实秋

六三年十二月十一日晨六时

3. 天眷顾我主演这一部重头戏

菁清：

昨晚分别，又是风又是雨，如果这是外景，与剧情好不调和！那两份客饭颇有意义，“绚烂之极归于平淡”，别看那是粗茶淡饭，我却打破纪录吃下你给我盛的两大碗饭，这要是让你的 H 妈妈知道，又要笑她的“傻女婿”了。

我回到旅舍，尚未吩咐总机，立刻来了两起电话两批客，一起是不认识的学生，我拒见了，一起是一位太太送桔子来，不好不让她进来，我连打哈欠，她才走。从九点一直睡到五点，得未曾有。也不知你昨晚的生活如何，心里惦记，却又不能打电话。

XX 给我来信，要我把她前次写给我的信烧掉，此外别无他语，我看毕心情起伏，不禁大哭一场。是天作弄我，使我陷入这样的窘境，还是天眷顾我，选中我主演这一部重头戏？我的手发抖，你可以看出我的字迹的倾斜。亲亲，我要你支持我。

今早我又看了你几段文章，颇有收获，我没料到你是那样早熟，那样的诚挚的流露心声。我猜想你当时的读者们未必能充分的欣赏——像我这样。这一本小书我将来要把它重印出来，至少要把其中大部分收在我们的那一本书里去。

今天我要到阳明山，这是宿约不能不践，你知道我是多么不愿意去！你今天做什么事，好象你早已有了安排，什么介绍木匠装修，我也搞不清楚。如果有机会，我会打电话给你。其实这封信什么时候能递到你手里，我也不知道。

梁实秋

六三年十二月十二日早六时

4. 我们俩做了“爱的燔祭品”

菁清，我的小娃：

你昨天的血压高，你说是因为台视室内空气不好，绝不是的，你不用瞒我。你到台视是前天，昨天你没有去，如何能因为前天空气不好而昨天血压高？我想一定是因为有些什么事使你心里不痛快，我已经猜了个八九不离十。你说我猜的对不对？昨晚你急急的向我要小娃的信，我就体会到了。我接到你的电话之后立刻就把信放在衣袋里了。

你曾说：“我的爱，正如原野的星火，始终蕴藏在寂寞的心房中，给自己情感的锁所扣住，它至今还不曾尝度过‘燎原’的滋味。”现在我问你，燎原的滋味如何？亲亲，我们俩已做了“爱的燔祭品”，还说什么“但愿人长久，爱情莫再来！”

昨天阳明山之行是万不得已，朋友们给我照了许多张相，都问我“梁先生面上怎么那样严肃！”其实那不是严肃，是痴呆，就如行尸走肉回旋于众人之间，他们没有一个人知道我的心灵停留在哪里。昨晚宵夜，又是“傻女婿”一场戏，你说观戏的人会满意么！这样的戏一共两场，我都演过了，你是大导演，演得好不好由你负责。戏词中有一句很露骨的话：“你这样好的一个侄女，你到美国之后能不想念她吗?”我回答的是“当然想!”

我的女儿有信来，使我大哭一场，寥寥数语使我无法控制我的眼泪。我的女儿很爱我，我希望你也能爱她。亲亲，我的心在抖颤，我要你来抚慰它。

梁实秋

六三年十二月十三日

5. 问我行期我心里很难过

菁清:

星期五、十三日在西俗是一个忌讳，在我们却是一个最快乐的日子，虽然其中也夹杂站哀伤。昨天没有功夫给我的小娃写信。我好难过。昨晚归来我酣睡一夜，这是二十天来第一次比较好的睡眠。你昨天吃完“爱窝窝”以后也有一点疲乏的样子，是不是立刻就睡了?

我的女儿又有信来，再没有提一个字，慢慢来，最后她会谅解我们的。昨晚你问我行期，你到屋里寻日历，你没注意我落下了泪，我立刻就抑制了我的情绪，不过我心里很难过，所以我就借口电视长片业已看完提早离开了你。菁清，我会很快的飞回到我们的“家”。你说屋里有冷气，夏天不会热，其实外面的气温不会影响到我们内心的热度，我只要你我合作，永久维持我们两颗心副在一起燃烧着的圣火，永久炽盛，永久不灭，外面空气的冷暖不太重要，你问我五月切能不能回来，我不能确定回答你，可能等不到五月节，我尽可能早去早回，我如今还没有一定，已开始恐怖离开后的凄清日子，我盼望你心理上早有准备。否则那个打击你会吃不消的。

小娃，昨天在乐亭，你一走进去，就好像黑暗的舞台聚然开放了灯光，里里外外的人都注视着你，真不知你哪里来的那么大的魅力！十一月廿七日驾临我的斗室时也有同样的舞台效果，虽然观众只有一个人。我愿天下人都是你的观众，我也愿只有我一个人是你的观众。你说我矛盾不！小娃？

梁实秋

六三年十二月十五日早七时

我的小娃仍在梦中

我的婚姻

林语堂

我以前提过我爱我们坂仔村里的赖柏英。小时候儿，我们一齐捉鲦鱼，捉螯虾，我记得她蹲在小溪里等着蝴蝶落在她的头发上，然后轻轻的走开，居然不会把蝴蝶惊走。

我们长大之后，她看见我从上海圣约翰大学返回故乡。我们俩都认为我俩相配非常理想。她的母亲是我母亲的教女。她已经成长，有点儿偏瘦，所以我们叫她“橄榄”。橄榄是一个遇事自作主张的女孩子，生的鹅蛋脸儿，目似沉思状。我是急切于追求新知识，而她则坚持要孝顺祖父，这位祖父双目失明，需要她伺候，片刻不能离。她知道在漳州我家什么都有，最好的水果、鱼、瓜，美丽迷人的山。后来，长衫儿流行了，我姐姐曾经看见她穿着时兴的衣裳，非常讨人喜欢。

我记得她平常做事时总是穿黑色的衣裳，到了礼拜天，她穿浅蓝的，看来好迷人。她祖父眼睛没瞎时，她总是早晨出去，在一夜落雨之后去看看稻田里的水有多么深。我们俩彼此十分相爱。她对我的爱非常纯正，并不是贪图什么，但是我俩终因情况所迫，不得已而分离。后来，我远到北京，她嫁了坂仔本地的一个商人。

我这个青年，家虽贫，而我自己则大有前途，我妻子则是个富有银行家之女。她比起我来，是高高在上的。幸而她不是在富有之家娇纵扶养之下长大的。依照旧传统，女孩子是为男子的需要而教养的；女孩子要学会烹饪，洗衣裳，缝纫，事实上，要教养她能做普通的家事，以便长大后嫁到丈夫家有过日子的本领。除去偶尔的拜神祭祀到坟茔寺庙之外，她们是不到前院，不在大庭广众之间出现的。对女孩子的这种歧视，因而造成一个显著的结果，就是使她们成了贤妻良母，而男孩子则娇生惯养，纵容坏了，结果，缺乏进取奋斗的意志，很少有什么成就。

我从上海圣约翰大学回家之后，我常到一个至交的家里，因为我非常爱这个朋友的妹妹 C。他们家与后来我的妻子家是邻居。我也与后来成为我妻子的那位小姐的哥哥相交甚善。

我应邀到他们家去吃饭。在吃饭之时，我知道有一双眼睛在某处向我张望。后来我妻子告诉我，当时她是在数我吃几碗饭。另外我知道的，我路途中穿的那脏衬衣是拿到她家去洗的。却从来没人把我向她介绍过。

在大学二年级时，我曾接着三次走上礼堂的讲台去领三种奖章，这件事曾在圣约翰大学和圣玛丽女校传为美谈。那时我这位将来的妻子还没进圣玛丽，但是一定听见人说这件事。我由上海回家后，正和那同学的妹妹 C 相恋，她生得确是其美无比，但是我俩的相爱终归无用，因为我这位女友的父亲正打算从一个有名望之家为他女儿物色一个金龟婿，而且当时即将成功了。在那种时代，男女的婚姻是由父母之命媒妁之言决定的。我们结婚之后，我一直记得，每逢我们提到当年婚事的经过，我的妻子就那样得意地吃吃而笑。我们的孩子们都知道。我妻子当年没有身在上海，但是同意嫁给我，这件事一直使她少女的芳心觉得安慰高兴。她母亲向她说：“语堂是个牧师的儿子，但是家里没有钱。”她坚定而得意的回答说：“穷有什么关系？”

我姐姐在学校认得她，曾经告诉我她将来必然是个极贤德的妻子，我深表同意。

我知道不能娶C小姐时，真是痛苦万分。我回家时，面带凄苦状，姐姐们都明白。夜静更深，母亲手提灯笼到我屋里，问我心里有什么事如此难过。我立刻哭得瘫软下来。哭得好可怜。因为C小姐的父亲为她进行嫁与别人，我知道事情已经无望，我母亲也知道。

我的婚礼是在民国八年，蜜月是到哈佛去旅行。婚礼是在一个英国的圣公会举行的。

我要到新娘家去“迎亲”，依照风俗应当如此。新娘家端上龙眼茶来，原是做为象征之用，但是我全都吃了下去。举行婚礼时，我和伴郎谈笑甚欢，因为婚礼也不过是个形式而已。为了表示我对婚礼的轻视，后来在上海时，我取得妻子的同意，把婚书付之一炬。我说：“把婚书烧了吧，因为婚书只是离婚时才用得着。”诚然！诚然！

我必须把新婚前夜的情形说出来。新婚的前夜，我要我母亲和我同睡。我和母亲极为亲密。那是我能与母亲同睡的最后一夜。我有一个习惯玩母亲的奶，一直玩到十岁。就因为有那种无法言明的愿望，我才愿睡在她身边。那时我还是个处男。

我们的孩子们说过好多次："天下再没有像爸爸妈妈那么不相同的。"妻是外向的，我却是内向的，我好比一个气球，她就是沉重的坠头儿，我们就这么互相恭维。

气球无坠头儿而乱飘，会招致灾祸。她做事井井有条，郑重其事，衣裳穿着整齐，一切规规矩矩。吃饭时，她总拣切得周正的肉块吃，如鸡胸或鸡腿，她避免吃鸡肫鸡肝儿。我总是爱吃翅膀儿，鸡肫，鸡脖子，凡是讲究吃的人爱吃的东西，我都喜欢吃。我是没有一刻安静，遇事乐观，对人生是采取游戏人间的态度。一切约束限制的东西我都恨，诸如领带，裤腰带，鞋带儿。

妻是水命，水是包容万有，惠及人群的；我是金命，对什么事都伤害克损。

换句话说，我和我太太的婚姻是旧式的，是由父母认真挑选的。这种婚姻的特点，是爱情由结婚才开始，是以婚姻为基础而发展的。我们年龄越大，越知道珍惜值得珍惜的东西。

由男女之差异而互相补足，所生的快乐幸福，只有任凭自然了。在年轻时同共艰苦患难，会一直留在心中，一生不忘。她多次牺牲自己，做断然之决定，都是为了我们那个家的利益。

在结婚五十周年纪念时，我送给她一个勋章，上面刻了 James Whitcomb Riley 的那首《老情人》（An Old Sweetheart）

When I should be her lover for ever and a day,
And she my faithful sweetheart till her golden hair was gray,
And we should be so happy when either's lips were dumb,
They would not smile in heaven till other's kiss had come。

同心相牵挂　一缕情依依
岁月如梭逝　银丝鬓已稀
幽冥倘异路　仙府应凄凄
若欲开口笑　除非相见时

我出国时，我们已经走上轮船的跳板，这时父亲送我们的那种景象，我始终不能忘记。

父亲对我们双目凝视，面带悲伤。他的心思似乎是："现在我送你们俩到美国去，也许此生难以再见。我把儿子交托这个做媳妇的。她会细心照顾你。"

我后来在德国莱比锡城听到父亲去世的消息。

恋爱与求婚

林语堂

人们可能会问，既然中国妇女被幽禁，那么浪漫和求婚怎么还有实现的可能呢？或者说，传统习惯对青年男女之间自然恋爱会有多大影响呢？青春、浪漫、爱情，这世界上任何地方都基本相同。不同的只是由于社会传统的不同引起的心理反映。将妇女幽禁起来，灌输以传统的道德教育，并不能扼制她们的爱情。恋爱的一般内容及其他表象可能会被改变，因为恋爱尽管是一种自然迸发，压倒一切的感情，它仍可能变成人们心中一个微小的呼声。文明可以改变爱情的方式，但却永远不能扼杀爱情。爱情客观存在，只不过由于偶然的社会文化背景而引起的趋向与表现不同罢了。爱情透过珠帘窥探，它的气息充满了百花园，它揪着年轻女子的心。或许她根本就没有情人，也不清楚折磨好的是什么东西。也许她并没有对某一个特别的人感兴趣，但她喜欢男人，喜欢男人就是喜欢生活。这就使她的刺绣显的更加精巧。她想象自己在与彩虹般的刺绣相爱。这彩虹正象征着生活，它是那么美丽而漂亮。它可能是为什么人正在枕头绣着一对鸳鸯。鸳鸯总是一雄一雌，总是在一起行动，一起游泳，一起筑巢。如果她那想象的翅膀越飞越远，她可能完全忘却自己，因而绣错了地方。她再绣，再错。她使劲地抽那丝线，用劲稍微大些，线断了。她咬着自己的嘴唇，感到很恼火。她掉在情海里了。

这种莫名其妙的烦恼，也许是因为春天，因为鲜花。这种突然袭来的孤独感，是女子成熟到了应该谈恋爱与结婚的程度时的自然标志。由于社会的压制和传统的束缚，一个姑娘总是尽自己的最大力量掩盖这种模糊而强烈的欲望。然而，青春的梦幻却在下意识地继续进行。婚前恋爱在旧中国是一个禁果，公开求婚也不可能。她知道，恋爱就等于折磨自己。因为这个原因，她不敢在春天、鲜花与蝴蝶上想的过多，它们在古诗中都是爱情的象征。如果她在做学问，也不会在诗歌上花太多时间，以免触发自己太深的感情。她使自己忙于家务，谨慎郑重的保护自己的感情，就像一朵娇嫩的鲜花在成熟之前谨慎而庄重地保护自己不与蝴蝶进行过早的接触。她希望自己能等到恋爱被认可的一天，即可以由结婚来证明其正当性的那一天。她如果能躲避所有感情的纠葛，那么，她是很幸福的。然而，自然的力量有时能冲破人类的一切禁锢，横冲直撞。正如一切禁果一样，异性之间的吸引，正因为其罕见，更见其强烈。这是自然的自我弥补法则。根据是国人的理论，一个姑娘的心一旦被人迷惑，那么她的爱情就会无所顾及。这就是人们在对妇女小心幽禁背后的共同信仰。

即使是在自己的深闺中，姑娘们通常也清楚镇上同一阶层所有未婚青年的状况，并暗中表达了自己的赞扬或反对的感情。如果由于偶然的机会。她遇到了她曾欣赏过的年轻人之一，尽管只是相互交换一下儿眼色，她的心情就再也不能平静了。以前那种自豪感消失了。接着是密密的偷情阶段。尽管暴露自己意味着耻辱，有时还可能导致自杀；尽管自己完全意识到这样做的是在藐视所有道德行为的规范，藐视社会的非难。她自己还是要与男青年想见。爱情总是能找到自己的路。

在这种性的相互狂热吸引中，不可能讲清谁是求爱者，谁是被求爱者。姑娘有许多巧妙的办法使男青年感到她的存在，最幼稚的方式就是在木制屏风的底部将自己的小红鞋伸出来，另一个办法就是站在太阳余辉照耀着的阳台上。

她还可以不经意在盛开的桃花之间露出自己的脸庞，还可以在正月和六月的夜晚去看灯会。她还可以弹琴，让邻居的男青年听到琴声，她还可以请她弟弟的塾师修改她创作的诗歌，弟弟就是她的送信人。如果这位老师既年轻又浪漫，他会赠诗做答。另一种联系的方法是通过婢女，或富有同情心的嫂子，或者邻居厨师的妻子，或者尼姑。如果双方有意，他们总可以安排一次秘密的会面。这种会面极不健康。青年女子不知道如何保护自己。由于他们没有机会进行愉快的调情，爱情这个时候就找到的报复的机会，正如所有中国爱情故事所描写或试图描写的那样。她也可能会怀孕。接踵而来的是一个热切的求婚和私通这样一个实实在在的阶段，情不自禁，但仍是温柔而珍贵的恋爱阶段，因为这些都是秘密进行的。不过，这种爱情通常都是太幸福了，所以不能持久。在这种情况下，任何事情都有可能发生。这些公子和小姐很有可能在未经自己同意的情况下，由父母包办和别人订婚。女孩子可能后悔自己已失去了贞洁。公子这时也可能赴京赶考，顺利通过科举考试，被近接受一个更有名望人家的女人做妻子。

他年葬侬知是谁。

但有些时候，姑娘也可能很幸运，最终成了“贤妻良母”。中国戏剧通常以大团圆结局，并唱道“愿天下有情人皆成眷属。”

知己，是与自己心灵相通，志趣相投，互相理解，互相信任的人。在人生道路上得一知己相伴是每个人都向往的，知己懂得欣赏你的才华，懂得慰籍你的满腹牢骚，甚至无需言语的交流，只要一个眼神就能读懂你的千言万语。

人的一生需要知己的抚慰，知己的温暖是冰天雪地里的暖炉，是冷漠世态中的绿洲，知己既能为你锦上添花，也能为你雪中送炭。知己是冬日暖阳，夏日凉风，是能熨平内心皱纹的小熨斗。知己不会是围在你身边的势利之徒，不会是落井下石的卑鄙小人，而是时刻都能欣赏你、支持你、对你不离不弃的人。

古往今来人们一直到在追寻着能交心的知己。一生穷困潦倒的诗圣杜甫说：“百年歌自苦，未见有知音。”女革命家秋瑾在风雨飘摇的岁月也发出：“莽红尘，何处觅知音，青衫湿!”人生在世，没有知己相伴是悲哀的，痛苦的。有知己相伴才会是幸福的，不寂寞的。

有知己相伴的人生，充满信心和激情，人生在世，千金易得，知己难求，如果一生中有幸遇到知己，一定要懂得珍惜。

我的婚姻

茅　盾

大约我进商务印书馆的第一年阳历十二月底，我回家过春节，母亲郑重地同我：“你有女朋友么？“我答没有。母亲然后说：“女家又来催了，我打算明年春节前后给你办喜事。”以前母亲曾把为什么我在五岁时就与孔家定了亲的原因告诉过我。

原来沈家和孔家是世交。我的祖父和我妻的祖父孔繁林本就认识。孔家几代在乌镇开蜡烛坊和纸马店（这是专售香烛、锡箔、黄表等迷信用品的店），到孔繁林时，孔家正修了一座小巧精致的花园——孔家花园（但孔繁林的儿子，即我妻的父亲却是个败家子，这在后面还要讲到）。我的祖父常到钱隆盛南货店买东西，和店主隔着柜台闲谈。钱家是我的四叔祖的亲戚；四叔祖的续弦是钱店主（好象名为春江）的妹子，只生了一个儿子（就是凯崧），不久就因病逝世。我们大家庭未分家以前，我的母亲和这钱氏婶娘很要好，彼时我只四岁，凯崧（我该叫他叔叔）五岁。钱隆盛南货店是镇上唯一的货色齐全的南货店，卖香蕈、木耳、虾米、海参、燕窝、鱼翅，以及各种干果、花生米、瓜子等等。此店在东栅，离我家（观前街）不远。孔繁林也常到钱隆盛买东西，碰巧我的祖父也在那里时，两人就交谈多时。当我五岁的时候，初夏的一天，祖父抱了我出去，又到钱隆盛，隔着柜台正和钱春江闲谈，孔繁林也抱了他的孙女来了。祖父和孔繁林谈话之时，钱春江看着一对小儿女，说长说短，忽然说：你们两家定了亲罢，本是世交，亦且门当户对。祖父和孔繁林都笑了，两人都同意。祖父回家将此事对父亲说了，父亲也同意；但当父亲把此事对母亲说时，母亲却不同意。母亲说：两边都小，长大时是好是歹，谁能预料。父亲却以为正因女方年纪小，定了亲，我们可以作主，要女方不缠足、要读书。父亲又说，他自己在和陈家定亲以前，媒人曾持孔繁林的女儿的庚帖来说亲，不料请镇上有名的星相家排八字，竟说女的克夫，因此不成。那时，父亲已中了秀才，对方也十六七岁了。不料那女儿听说自己命中克夫，觉得永远嫁不出去了，心头悒结，不久成病，终于逝世。父亲为此，觉得欠了一笔债似的，所以不愿拒绝这次的婚姻。母亲说，如果这次排八字又是相克，那怎么办？父亲说，此事由我作主，排八字不对头，也要定亲。母亲不再争了。祖父请钱春江为媒，把亲事定下。女家送来庚帖，祖父仍请那个有名的星相家排八字，竟是大吉。后来（我结婚后）才知道孔家因上次的经验教训，把各房的女儿的八字都改过了。当时孔家也是个大家庭，共有六房之多。

既已定亲，父亲就请媒人告知孔家，不要缠足，要教女孩识字。不料孔家（即我的岳父、岳母）很守旧，不听我们的话，已经缠足半年的女孩儿还是继续缠。幸而寄居在他家帮助料理家务的大姨（即我的岳母的姊姊，已寡，岳母多病，全靠着这姊姊照料家务）看见小女孩缠足后哭哭啼啼，就背着我的岳母，给她解掉缠足的布条，这都在晚间；但第二天我的岳母看见布条都解掉，还以为是女儿自己解的，又给缠上。如此几次，大姨只好承认是自己给解开布条的，又说：男家早就说过不要缠足，为什么我们还要缠。姊妹二人吵了一阵，我的岳母赌气说不管了，却又说，不要缠足是男家长辈的意思，女婿五、六岁，谁知道将来长大时要不要缠足的老婆。但从此竟不管女儿缠足的事。不过，虽然从此不缠，但究已缠过半年，脚背骨虽未折断，却已微弯，与天足有别。以上这些事，都是结婚以后，新娘子自己说，我和母亲才知道的。

至于读书识字，我的岳母（也姓沈）是识字的（不及母亲那样认真念过多年书），但她因为识字，熟知“女子无才便是德”的成语，不肯教，而且多病，也没心情教。那时镇上并无女子小学。直到父亲卧病在床，镇上方有个私立敦本女塾，是富绅徐冠南办的，校址即在徐家祠堂，在南栅市区以外。父亲知道后，又请媒人告诉孔家，女孩子八九岁了，该上学，可以进敦本女塾，并且还对女家说，将来妆品可以随便些，此时一定得花点钱让女孩上学。女家仍然不理。父亲死后，母亲也托媒人去说，自然更加不被重视了。

这次，母亲把过去的事又说了一遍，接着说：“从前我料想你出了学校后，不过当个小学教员至多中学教员，一个不识字的老婆也还相配；现在你进商务印书馆编译所不过半年，就受重视，今后大概一帆风顺，还要做许多事，这样，一个不识字的老婆就不相称了。所以要问你，你如果一定不要，我只好托媒人去退亲，不过对方未必允许，说不定要打官司，那我就为难了。”

我那时全神贯注在我的“事业”上，老婆识字问题，觉得无所谓，而且，嫁过来以后，孔家就不能再管她了，母亲可以自己教她识字读书，也可以进学校。我把我的想法对母亲说了，母亲于是决定第二年春节办我的喜事。

此时我们早已（我在北大预科的最后一年）搬出观前街的老屋，租住四叔祖的余屋，此屋在北巷。邻居有王会悟家。四叔祖此时第三次续弦，是新市镇大商人黄家的老处女，他的儿子（凯叔）在南昌中国银行，未娶亲。人少屋多，极为清静。母亲租住四叔祖的余屋，本为办我的喜事打算。因为四叔祖当初分得的三开间两进房子，本不是厅房，但四叔祖略加修改，居然像个厅房。而且四叔祖此时闲居在家，办喜事时可以照料。

婚事按预定计划，于一九一八年春节后进行。新婚之夕，闹新房的都是三家女客。一家是我的表嫂（即陈蕴玉之妻）带着她的五、六岁的女儿智英。一家是二婶的侄儿谭谷生的妻。又一家是新市镇黄家的表嫂，她是我的二姑母的儿媳。二姑母三十多岁出嫁，男家是新市镇黄家，开设纸行，与四叔祖现在的续弦黄夫人是同族。这三家女客中，陈家表嫂最美丽，当时闹新房的三家女客和新娘子说说笑笑，新娘子并不拘束。黄家表嫂问智英，这房中谁最美丽，智英指新娘子，说她最美。新娘子笑道：“智英聪明，她见我穿红挂绿，就说我美丽，其实是她的妈妈最美。”大家都笑了。此时我母亲进新房去，看见新娘子不拘束，很高兴。母亲下楼来对我说：孔家长辈守旧，这个新娘子人倒灵活，教她识字读书，大概她会高兴受教的。

第二天，母亲考问新娘子，才知道她只认得孔字，还有一到十的数目字；而且她知道我曾在北京读书，因问北京离乌镇远呢，还是上海离乌镇远。母亲真料不到孔家如此闭塞，连北京都不知道。但到底是新娘子，母亲不便同她多说，只对她说起从前多次要她读书，却原来她的父母都没有理睬。

三朝回门（新婚后第三日，夫婿伴同新娘因娘家，我乡谓之回门，通常，岳家只以茶点招待女婿，旋即双双同回夫家），照例是我正式会见岳父家里的近亲，但只有岳父打个照面，还有两个小舅子都不曾见。我同新娘子上楼去见岳母，坐下刚谈了两句话，忽见一个七八岁的男孩跑上楼来，后面是一个十三四岁的少年追着，那男孩直扑到岳母身边，只说了哥哥两字，那少年已经赶到，就在岳母身边，揪住那男孩打起来。岳母有气无力地说，“怎么又打架了？”但那少年还在打那男孩。岳母叹气，无可奈何。新娘子却忍不住了，猛喝道：“阿六，你又欺侮弟弟，也不看看有客人——这是你姐夫！”少年朝我看了一眼，就下楼去了。我这才知道这两个是我的小舅子，大的叫令俊，小的叫令杰，小名阿福。我想：令俊不怕母亲，却怕姊姊，看来这姊姊会管教。我又想，他们母女之间一定有私房话，我还是下楼去用茶点罢。我向岳母告辞，就下楼去，却不见岳父，也不见令俊，只有大姨陪我用茶点。听见楼上窗口有人切切笑。大姨就朝楼上窗口唤道，“阿二，也来见见姐夫。”下来了，却是一个十七八岁的少女；我心里想，这是谁呢？没听说新娘子还有个妹子。大姨却对我说：“这是我的女儿。”那位姑娘倒大方，叫我“姐夫”，也坐下来吃茶点。一会儿，那姑娘上楼去了。我想：回门不过是礼节性的事，何必多坐，就向大姨告辞。大姨向楼上大声叫道：“三小姐，新官人要回去了。”一会儿，新娘子下来了，就此同回家中。母亲却发现新娘子眼泡有些红，似乎哭过，就问她，同谁拌嘴？新娘子不肯说。母亲再三问。新娘子说了。原来她同她母亲吵架了。说是我下楼后，她就哭。岳母问：是女婿待你不好么？她摇头。又问：是婆婆待你不好么？还说我母亲是有名的能干人，待小辈极严，动辄呵责。她说：婆婆待我跟自己的女儿一样。岳母又问她到底为什么要哭。她说，她恨自己的父母，“沈家早就多次要我读书，你们为什么不让我读书，女婿和婆婆都是读过许多书的，我在沈家像个乡下人，你们耽误了我一生一世了。”说着，新娘子又掉下眼泪来。母亲笑道：“这么一点事，也值得哭。你知道《三字经》上说苏老泉，二十七么？这个苏老泉，二十七岁以前已经有名，但是二十七岁以后，他才认真研究学问，要自成一派，后来果然自成一派。何况你只要识字读书，能写信，能看书，看报，那还不容易？只要肯下工夫，不怕年龄大了学不成。我虽然没有读过多少书，教你还不费力。”新娘子又破涕为笑了。母亲又问：“你有小名么？不能老叫你新娘子。”新娘子摇头，说：父母叫她阿三。母亲对我说：“你给她取个名罢。”我答道：“据说天下姓孔的，都出自孔子一脉，他们家谱上有规定，例如繁字下边是祥字，祥字下边是令字；我的岳父名祥生，两个小舅子名令俊、令杰，新娘子该取令姊、令婉，都可以。”

母亲听后想了想说：“刚才新娘子不是说我待她跟女儿一样么？我正少个女儿，我就把她作为女儿，你照沈家办法给取个名罢。”我说：“按沈家，我这一辈，都是德字，下边一字定要水旁，那就取名为德沚罢。可是，照孔家排行，令字下边是德字，当今衍圣公就名德成。新娘子如果取名德沚，那就比她的弟兄小了一辈。”母亲道：“我们不管他们孔门这一套，就叫她德沚罢。”

这个新娘子就名德沚，母亲一直叫她德沚。此后，我就教德沚识字，我回上海后，母亲教她。

日月匆匆，不觉已过半月，我要回上海了。当时习惯，新婚后一个月不空房，空房则不吉，但母亲和我都不信这一套。临走前，我到孔家辞行，仍没看见岳父，只见岳母，她卧在床上，说是：阿三出嫁，她辛苦了，所以又病了，而且不以为然说，该过满月才走，你们新派太新了。在楼下用茶点招待我的，仍是大姨，她听说我给三小姐取了名，也要我给她的女儿阿二取个名。我给她取名黄芬。我回到家里，对德沚说，岳父又没见到，岳母病了。德沚说，她的母亲一年有十个月卧病，家务全仗大姨；又说她父亲是做生意人，同我见了，觉得无话可说，不如不见。此时我的岳父开设小小的纸马店，已有多年，据说也还赚钱，但岳父结交一些酒肉朋友，挥霍无度，已欠了债。他这番嫁女，起了个会，共十人（连他自己在内），每人一百元，他做头会，实收九百元，可是以后每年他付相当重的利息，直到第九年完毕。这样，他的债台越筑越高。母亲说何必借债嫁女，她自己花了一千元为我结婚，是早已存储的。德沚说，她的父亲极要面子，而且喜欢热闹排场，将来如何还债，他是只有到时再借新债还旧欠之一法。

我回上海不到两个月，母亲来信说，德沚到石门湾（镇名，简称石门或石湾，离乌镇二十来里，当时属崇德县，来往坐船）进小学去了。

原来事情是这样的：母亲教德沚识字，也教她写字，仍用描红。此时家中只有母亲和德沚二人，又雇了个女仆，家务事很少，只镇上亲戚故旧红白喜事以及逢节送礼等事，要母亲操心。母亲每天教德沚识字写字两小时，上下午各一。德沚本应专心学习，但不知为什么，她心神不定。母亲也觉察到了，问她为什么，她说，不知为什么不能专心，对着书，总是眼看着书，心里却想别的。但尽管如此，倒也认识了五六百字，能默写，也能解释。有一天，二婶来了，知道这情况，便说，一个人，况且又大了，读书识字，难免心神不定。如果进学校，有同学，大家学，就不同了。又说，她娘家的亲戚姓丰，办一个小学，她去试问一下，也许肯收这样大的学生。二婶姓谭，名片生，也识字，不过比母亲差远了，她是石门湾的人。开办小学的是丰家的大小姐，三十多岁了，尚未出嫁，这小学名为振华女校，校址即在丰家（按：这位大小姐就是丰子恺的长姊）。二婶为此特地到石门湾去一次，果然一说就成。于是，母亲就派了一个女佣人划船送德沚去石门湾，插二年级。德沚从此在振华女校，她的同班生都比她小，多数只有十一、二岁，所以她和她们合不来，倒是和几个老师交了朋友。同学中只有两个十六七岁的大姑娘和她要好，这就是张梧（琴秋）和谭琴仙（勤先）。张琴秋后来与泽民结婚，谭琴仙是一九二七年在武昌的中央军事政治学校女生队的成员。这是后话，现在不多说了。

那年暑假，德沚回家，我也回去，知道她在振华女校读书，果然专心，大有进步，能看浅近文言（那时，振华女校教的仍是文言），能写勉强可以达意的短信。母亲说她聪明，连读三年，那时，就可以自修，再求深造了。但是，事情常常出人意外，德沚在振华女校读了一年半，她的母亲病了，非要她去伺候汤药不可。母亲没法推辞，只好照办。三个月后，母亲写信给我，说我的岳母死了，我应奔丧。我为此又到乌镇。丧事既毕，德沚却不肯再回振华女校了，说是荒废了四个月，跟不上课，不去了。她在振华女校时的好朋友，女教员褚明秀（褚辅成的侄女，褚辅成是民国元年的国会议员，嘉兴人），也来信劝她再去，也无效。褚明秀年纪和德沚差不多，未嫁，但她喜欢看上海出的新书刊，知道我那时的文字活动，因此同德沚特别好。褚明秀见德沚不肯去，亲自到乌镇来劝。母亲招待她住下，就住在母亲房内。褚明秀住了五六天，这几天内，她常和德沚密谈。后来她要走了，对母亲说，她也不回振华教书了。母亲不便问她为什么不去振华教书。她走后问德沚，才知道褚明秀对于校长的作风不满意，而德沚之所以不愿回去，也是为此；什么赶不上课，只是托辞而已。后来我们迁居上海，褚明秀又来我家，那时她已嫁人，夫妇二人都在嘉兴的秀水中学（教会办的）教书。此是后话，趁此一提。

现在再说德沚在家，此次倒安心自修，还订了自修计划，上午请母亲教文言文一篇，下午她作文，请母亲改。我和母亲觉得这也好，不一定进学校，而且母亲一人在家，总有点寂寞，有德沚陪伴，自然更好。

此时已将开春，我回上海。这一次，我在乌镇住了将近三个星期。

谁料又有意外。我回上海不久，母亲来信说德沚又要出去读书，这回是受了王会悟的影响。王会悟原是邻居，她是我的表姑母，年龄却比我小。我不知道她什么时候到湖州的湖郡女塾去读书了，据母亲来信说，好象刚去了半年。王会悟劝德沚也到湖郡女塾读书，把这个学校说得很好。德沚因此也想去。

母亲不知道湖郡女塾是怎样一个学校，但我在湖州念过书，知道这是一个教会办的学校，以学英文为主，和上海的中西女校是姊妹校，毕业后校方可以保送留学美国，当然是自费，校章说成绩特别好的，校方可以担负留美费用，这不过是门面话，以广招徕而已。大概王会悟当时也因这句门面话，所以进了湖郡女塾。而且在湖郡女塾读书的，都是有钱人家的女儿，学费贵，膳宿费也贵。我们负担就觉得吃力，王家当更甚。我写了详细的信，把这些情形告诉母亲，请母亲阻止德沚到湖郡女塾。

母亲回信说，德沚人虽聪明，但年轻心活，又固执，打定主意要做什么事，不听人劝。母亲说她自己不便拿出婆婆的架子来压她，不如让她去试一下，让她自已知难而退。这样，我也不再阻止。

又到了各学校快放暑假的时候，我得母亲的信，说德沚不等放暑假就回来了。我料想这是知难而退了。我也回家看看。到家后我和母亲都不问她为何早归，在学校如何？她却自已诉苦：进学校后只读英文，她连字母都不认识，如何上课呢？有附属小学，是从字母教起的，但校方说她年纪大了，不能进附小，硬排在正科一年级。同学们都已读过四五年英文的，而且洋气极重，彼此说话都用英语，德沚此时成了十足的乡下人了；同学们都不理她，她只能同王会悟谈谈，可又不同班。德沚自已说，上了当了，再也不去了，白费了半年时间和六七十元的学、膳、宿费。但是我觉得德沚还是有点“收获”，这是她从王会悟那里学了一些新名词。

母亲私下对我说，看来德沚一人在家，总觉得寂寞，不如早搬家到上海罢。

我也这样想，但我回上海，却碰着商务印书馆编译所要我主编并改革《小说月报》。一时极忙，没有时间找房子，直到母亲再三催促，这才由宿舍的“经理”福生找到了鸿兴坊带过街楼的房子。那已是一九二一年春了。

再忆萧珊

巴　金

昨夜梦见萧珊，她拉住我的手，说："你怎么成了这个样子？"我安慰她："我不要紧。"她哭起来。我心里难过，就醒了。

病房里有淡淡的灯光，每夜临睡前陪伴我的儿子或者女婿总是把一盏开着的台灯放在我的床脚。夜并不静，附近通宵施工，似乎在搅拌混凝土。此外我还听见知了的叫声。在数九的冬天哪里来的蝉叫？原来是我的耳鸣。

这一夜我儿子值班，他静静地睡在靠墙放的帆布床上。

过了好一阵子，他翻了一个身。

我醒着，我在追寻萧珊的哭声。耳朵倒叫得更响了。……我终于轻轻地唤出了萧珊的名字：“蕴珍”。我闭上眼睛，房间马上变换了。

在我们家中，楼下寝室里，她睡在我旁边另一张床上，小声嘱咐我：“你有什么委屈，不要瞒我，千万不能吞在肚里啊!”……

在中山医院的病房里，我站在床前，她含泪望着我说：“我不愿离开你。没有我，谁来照顾你啊?!”……

在中山医院的太平间，担架上一个带人形的白布包，我弯下身子接连拍着，无声地哭唤：“蕴珍，我在这里，我在这里……”

我用铺盖蒙住脸。我真想大叫两声。我快要给憋死了。“我到哪里去找她?!”我连声追问自己。于是我又回到了华东医院的病房。耳边仍是早已习惯的耳鸣。

她离开我十二年了。十二年，多么长的日日夜夜！每次我回到家门口，眼前就出现一张笑脸，一个亲切的声音向我迎来，可是走进院子，却只见一些高高矮矮的没有花的绿树。上了台阶，我环顾四周，她最后一次离家的情景还历历在目：她穿得整整齐齐，有些急躁，有点伤感，又似乎充满希望，走到门口还回头张望。……仿佛车子才开走不久，大门刚刚关上。不，她不是从这两扇绿色大铁门出去的。以前门铃也没有这样悦耳的声音。十二年前更不会有开门进来的挎书包的小姑娘。……为什么偏偏她的面影不能在这里再现？为什么不让她看见活泼可爱的小端端？

我仿佛还站在台阶上等待车子的驶近，等待一个人回来。这样长的等待！十二年了！甚至在梦里我也听不见她那清脆的笑声。我记得的只是孩子们捧着她的骨灰盒回家的情景。这骨灰盒起初给放在楼下我的寝室内床前五斗橱上。后来，“文革”收场，封闭了十年的楼上她的睡房启封，我又同骨灰盒一起搬上二楼，她仍然伴着我度过无数的长夜。我摆脱不了那些做不完的梦。总是那一双泪汪汪的眼睛！总是那一副前额皱成“川”字的愁颜！总是那无限关心的叮咛劝告！好像我有满腹的委屈瞒住她，好像我摔倒在泥淖中不能自拔，好像我又给打翻在地让人踏上一脚。……每夜，每夜，我都听见床前骨灰盒里她的小声呼唤，她的低声哭泣。

怎么我今天还做这样的梦？怎么我现在还甩不掉那种种精神的枷锁？……悲伤没有用。我必须结束那一切梦景。

我应当振作起来，即使是最后的一次。骨灰盒还放在我的家中，亲爱的面容还印在我的心上，她不会离开我，也从未离开我。做了十年的“牛鬼”，我并不感到孤单。我还有勇气迈步走向我的最终目标——死亡，我的遗物将献给国家，我的骨灰将同她的骨灰搅拌在一起，撒在园中，给花树做肥料。

……闹钟响了。听见铃声，我疲倦地睁大眼睛，应当起床了。床头小柜上的闹钟是我从家里带来的。我按照冬季的作息时间：六点半起身。儿子帮忙我穿好衣服，扶我下床。他不知道前一夜我做了些什么梦，醒了多少次。